つきのふね

森 絵都

角川文庫 14013

目次

つきのふね

このごろあたしは人間ってものにくたびれてしまって、人間をやってるのにも人間づきあいにも疲れてしまって、なんだかしみじみと、植物がうらやましい。

花もうらやましい。

草も木もうらやましい。

食べたり動いたり争ったり学んだりする必要もなく、ただ水を吸いあげて光合成するだけの、シンプルな機能がうらやましい。

咲いてはしおれ、芽吹いては枯れてゆく。なんて潔い、むだのない一生だろう。

人生八十年もあると、なかなかそう潔くもいかないはずだ。

もっとも、あたしには自分が八十歳まで生きるとも思えない。

「人間の一生にいくつかの段階があるとしたら、あなたたちは今、ちょうど成長期のまっさかりってところね。すくすくと伸びるすばらしい時代だわ。でも、よりすばらしい未来を迎えるためには、今のうちに自分自身の理想像をしっかり描いておく必要があります。将来のことを真剣に考える。そろそろみんなもそんな時期にさしかかっていると思うのは、先生だけかしら」

新学期。通学路の並木がまだ夏のにおいを引きずっていたころ、中学の担任がいきなりそんなことを言いだした。

なんてことはない、『第一回進路調査』のアンケートだった。

「みんなは受験なんてまだまだ先と思ってるでしょうけど、再来年なんてすぐそこよ。心の準備を始めるためにも、都立高校志望なのか私立をめざすのか、決まっている範囲で書きこんでみてちょうだい」

担任の言うように、このままいくとあたしたちはみんな、再来年に高校受験を迎えることになる。

そう。西暦二〇〇〇年の到来とともに高校生になるのだ。

でも、もちろんそれは試験に合格すれば、の話。そしてなにより、二〇〇〇年が本当に訪れれば、の話だ。

白紙のまんまのアンケート用紙を前に、あたしはシャーペンをぶらぶらゆらしながら、窓際の梨利《りり》に目をやった。梨利もシャーペンをぶらぶらゆらしながら窓の外に目をやっていた。

四十八日前までは親友だった梨利。担任に言われるまでもなく、梨利はいつも人一倍、未来のことを真剣に考えていた。考えすぎていた、と言ってもいい。あたしたち人類が一九九九年をこえて二〇〇〇年を迎える確率を、梨利は「よくてフィフティー・フィフティー」と見積っていたのだ。

その根拠は言うまでもなく、あの男だった。

「ノストラダムスを甘く見ちゃいけないよ」

ノストラダムスの話になると、梨利はいつもせわしない瞳《ひとみ》の動かしかたをした。

「当たるとか当たらないとかじゃなくって、あいつの予言って、呪いなんだから。一種のマインドコントロールってやつ。だって昔から定期的にあったじゃん、ノストラダムスもののテレビ番組って。いい歳した大人たちがさ、こわい顔して、一九九九年に人類は滅びる、滅びるって、まるで呪文《じゅもん》みたいにくりかえすの。あたし小さいころは予言ってなんだか知らなかったし、テレビの大人が言うんだからって、ずっとまじめに信じこんでたよ。つぎの日、学校にいくとやっぱりみんなも騒いでて、一緒にわーわー怖がってさ。で、やっと忘れたころにまた似たような番組やってくれちゃうんだよね」

梨利に言わせると、最近その手の番組が減ったのは、みんながノストラダムスに飽きたせいではなく、あまりにも一九九九年が間近に迫ってしまい、しゃれにならなくなってきたせいだという。

「大人たちはいつもさんざん騒いでから、ころっとつぎのネタに移るんだ。でも呪いはあたしたちの中に残ってる。いつもは忘れてても、心の奥のところでずっと残ってる。未来のこととか考えようとするとね、どうしてもなんかが引っかかるんだ。一九九九年っていう分厚い壁があって、そのむこうにぼんやり二〇〇〇年が浮かんでる感じ。ものすごくおぼろげで、疑わしい未来なんだよね、それが」

ノストラダムスの予言なんて鼻で笑う子も多いけど、梨利はいつも正直におびえたり憤慨したりしていた。あたしにならなにを言ってもだいじょうぶ、ばかにしたりはしないと安心していたのだと思う。

「ノストラダムス、あのくそじじい」

不安な気持ちはあたしにも伝染した。得体の知れない恐怖をふりはらうため、最後にはたいていふたりでノストラダムスをののしって終わった。

「たとえほんとに一九九九年で人類が滅びるとしても、そんなの言うだけヤボじゃんね。救えないなら予言なんかすんな、胸にしまってだまって死ねよ、って感じ」

「おやじって、慎みないからね」

「だいたいなんで一九九九年なわけ？　一九九九年なんて、あたしたちまだ十五歳じゃん。十五で死ぬなんて最悪だよ」

「ほんと、三十や四十ならあきらめもつくけどさ。もしほんとに一九九九年に人類が滅びるんなら……」

あれは去年の秋だったか冬だったか忘れたけど、あたしはふっと浮かんだ言葉をそのまま口にした。

「もしほんとに死んじゃうんなら、あたし、その前にセックスしたい」

梨利にならあたしもなんだって安心して言えた。

梨利はこくんとうなずいて言った。

「それは欠かせないね」

中学生のまま死ぬのはあきらめがついても、処女のまま死ぬのはあまりに惜しい気がする。あたしと梨利はそんなところでも気が合っていた。

その梨利と、ケンカをしたわけでもないのに気まずくなって、おたがいを避けあうようになってからひと月以上になる。

担任がアンケートの回収を始めるまで、あたしはちらちらと梨利の横顔をながめつづけたけど、梨利は一度もあたしを見ようとしなかった。

アンケートの進路希望欄には、結局、「不明」とだけ書いて提出した。

それが原因で放課後、担任に呼びだされた。

「不明、というのが気に入らなかったらしい。進路がまだ決まっていないのはしょうがない。でもそういう場合はふつう「不明」じゃなくて「未定」と書くのよ、と三十路《みそじ》を過ぎた担任は言う。

「小さなことかもしれない。ささいなことかもしれない。でも、先生は気になるの。不明、と言うとなんだか他人事《ひとごと》みたいにきこえないかしら。鳥井《とりい》さんが自分をなくして行方不明になってしまったように感じるのは、先生だけかしら」

演劇部の顧問をしている担任は、こうして小言をいうときも腹式呼吸で、そのせいかすべての言葉が芝居じみてきこえる。彼女がどんな役を演じているのかは「不明」だけど、おとなしくきいていればじきにその寸劇は終わるから、まあ、扱いやすい担任ではあった。

放課後のざわついた職員室。デスク上のアンケート用紙を彩る窓からの夕映え。あたしがそれをぼんやりながめながら担任の長台詞《ながぜりふ》に耳を傾けていると、やがて前方からききおぼえのある声がした。

見ると、斜め前のデスクのむこうに勝田《かつた》くんの姿がある。

勝田くんはC組の担任とむかいあって座っていた。そわそわと体をゆすり、いかにも落ちつきのない様子で話をきいている。そっちのデスク上にも例のアンケート用紙があるところをみると、どうやらあたしと似たような身の上にあるらしい。

あたしの視線に気づくと、勝田くんは両目をぎょろんと見開いておどけた顔をした。

そのとき抱いたいやな予感は的中した。C組の中年教師は話の早い人らしく、勝田くんはあたしよりもだいぶ先に解放された。なのに約三十分後、担任の芝居がようやく終わって職員室をあとにしたあたしを、廊下でしっかり待ちかまえていたのだ。

「おたがい世渡りが下手だよなあ」

人の顔を見るなり、へらへらとにやけた目つきですりよってくる。

「さくらもなんかまずいこと書いたのか、あのアンケート」

「べつに」と、あたしはそっけなく言った。「ただ不明って書いただけ」

「不明？」

「ふつうは未定って書くんだって」

「それだけで呼びだしかよ。やっぱよくわかんねえよなあ、おたくの担任」

ふしぎがる勝田くんに、あたしも一応、きいてみた。

「勝田くんはなんて書いたの？」

「そりゃもちろん……」

勝田くんは揚々と胸を張って言った。

「中園《なかぞの》梨利と同じ高校に行きます、って」

「あ、そ」

「そしたら頭こづかれた。うちの担任、ものわかり悪いから」

「だれにもわかんないと思うよ」

そうかなあ、と勝田くんが首をひねったすきに、あたしは「じゃあね」と足を速めた。せかせかと、精一杯の早足で通りすぎていく。

「まて、さくら」

勝田くんは追ってきた。

「おまえにちょっと話がある」

話の内容は想像がつく。

「そろそろじっくり話しあおうぜ」

それがいやだから逃げてるのだ。

「なあ、おまえさ、いつまで梨利とケンカしてんだよ。いや、おまえらはケンカじゃないって言うけど、はたから見りゃ絶対にケンカだよ。おたがい口きかないし、ぜんぜん一緒にいないしさ。なあ、なにがあったんだよ、そろそろ教えろよ」

「勝田くんには関係ない」

「ひでえな。オレたち三人、あんなに仲よしだったのに」

勝田くんが一瞬、本気で傷ついた顔をしたから、あたしは少しどきっとした。でもよく考えてみると、やっぱり勝田くんには関係ない。仲よしだったのはあたしと梨利で、勝田くんはあたしたちのあとを勝手に追いかけまわしていただけなんだから。

正確に言うと、勝田くんが追いかけまわしていたのは梨利ひとりだった。三人とも同じクラスだった一年生のころから、勝田くんはばかみたいに梨利に夢中で、「祖先はラテン系」と噂されるほど大胆に好きだ、好きだと言いつづけて、でも残念ながら言えば言うほどその言葉は軽く嘘っぽく薄まっていった。だから梨利はかえって気がらくだったのかもしれない。梨利は勝田くんをただの友達として寛大に受けいれた。絶えず梨利につきまとう背後霊のような勝田くんの存在に、あたしもじきに慣れていった。

「さくらと梨利がおかしくなってから、梨利のやつ、オレにまで冷てえんだよ。それにあいつ、なんか最近やけになってねえか？　茶髪にしたり学校サボって遊びまわったりして、へんなんだよなあ。やっぱ梨利にはさくらが必要なんだよ。オレには梨利が必要だ。なあ、また三人で仲良くやろうぜ」

勝田くんはねちっこく言いつづけたけど、今のあたしにはむずかしい相談だった。

「ごめんね。あたし、急ぐから」

あたしはもうほとんど小走りになって勝田くんをふりきると、下校する生徒たちの波にさからって階段を駆けのぼり、二年A組の教室に逃げこんだ。勝田くんもそこまでは追ってこなかった。

教室には、ついこのあいだまであたしが所属していたグループの静香《しずか》と秋江《あきえ》が残っていた。窓辺でけたけた笑っていたふたりは、あたしの顔を見るなり「停止」のようにかたまって、それから今度は「早送り」のようにすばやく教室をあとにした。

勝田くんは知らないようだけど、四十八日前のあの日以来、あたしを無視しているのは梨利だけじゃない。

ひとりきりの教室はほの暗く、ぶきみなほどにがらんとしていた。筆箱を鞄《かばん》に押しこむと、あたしはそそくさと廊下へむかった。教室のうしろの棚には、とっくに枯れたグラジオラスの鉢がおきざりにされていて、通りすがりにちらっと目をやると、なんとも哀れな姿だけれど、やっぱり植物は植物なのでうらやましい。

こうして植物に憧れるたび、あたしはこのごろ無性に会いたくなる人がいる。

智《さとる》さんに会いにいこう。

と、冷たい廊下を歩きながら思った。

学校の表通りからバスに乗り、七つ目の停留所で降りてすぐの智さんの家は、恐ろしく騒々しい環境にあるくせに、入ると妙に心がしんとするのはなぜだろう。

だいぶ年季の入った二階建てコーポの上階。夕日のさしこむ西むきの部屋。窓を開ければすぐ目の前を国道が走っていて、道沿いにはファミリーレストランや大型スーパー、ディスカウントショップなどが切れ目なく軒を連ねている。車の往来も激しく、その上コーポのとなりは宅配ピザ屋だから、絶えずちゃかちゃかしたバイクの音まできこえてくる。なのにあたしは智さんの部屋にいて、一度も「うるさい」と感じたおぼえがない。これは、ふしぎだ。

もちろん防音設備なんてまるでない部屋だった。それどころか床にドア、窓のサッシなど、いたるところにガタがきていて、ギシギシミシミシと部屋自体もそうとうやかましい。ただし造りが古いだけあって部屋の間取りはゆったりと広かった。

壊れかけたノブをまわして玄関を上がると、すぐ左側に台所があって、右側にはバスとトイレが並んでいる。その奥に、ふすまをへだてた和室がふたつ。色あせた畳の上にはたんす、本棚、座卓、と必要最低限の家具があり、洗濯物や殺虫剤などの生活のにおいもほどよくちらついていて、全体的に部屋はいつも琥珀《こはく》がかったようなかすみかたをしている。蛍光灯の明かりをきらう智さんは、よほどのことがないかぎり電気をつけようとしないのだ。

でも、この日はいつもより微妙に明るかった。

午後五時ごろ、智さんに奥の和室へと迎えられたあたしは、胡桃色《くるみいろ》の座卓の上に小さく光るものを見た。

カラフルな異国のポストカード。花ざかりの街のカフェでくつろぐ人々の写真だ。

「ウィーンにいる友達から」

台所でミルクコーヒーを淹れながら、智さんが説明してくれた。

「もうむこうに行ってずいぶんになるんだけど、いまだにちょくちょく葉書をくれるんだ。元気ですかとか元気ですとか、月並みなことしか書いてこないくせにね。あと、お元気で、とか」

智さんの作るミルクコーヒーは、コーヒーとミルクの分量がほぼ同じで、口にふくむと舌の先がでれっとしてしまうほどおいしい。最初にあたしがすごくほめたから、智さんはあたしが来るたびにそれを淹れてくれる。と言っても、ここに来るのはこれでまだ四度目だけど。

「お友達、ウィーンでなにしてるの？」

ミルクコーヒーの湯気ごしに、あたしたちはいつも小声でぼそぼそと話をした。

「チェロの勉強。けっこう有名な先生についてがんばってるみたい」

「へえ。すごくうまいの？」

「うまいよ。って言っても、ぼくは子供のころにちょこっときいただけだけど。それでもすごいなあって感動したのはいまだにおぼえてる」

「ふうん。智さんは楽器とかひかないの？」

あたしは智さんのことをほとんどなにも知らない。

「いや、ぜんぜん」

智さんは笑いながら首をふり、それから「でも」と思いだしたように言った。

「でも、やるなら管楽器がいいと思うな」

「管楽器？」

「うん。前にその友達が言ってたんだ。弦楽器の音色は空気をゆさぶるけど、管楽器の音色は空気をつきぬけて空までいっちゃう感じがする、って。それでちょっとかっこいいなって思っただけだけど」

「管楽器って、トランペットとか？」

「そう」

「きいてみたいな、智さんのトランペット」

あたしはその様子を想像して早くもうっとりした。スリムな長身と、じつにきれいな肌をもつ智さんが、トランペットを空につきあげるようにして吹き鳴らす姿を、ぜひ見たい。

「カルチャーセンターとかで習ってみればいいのに」

「カルチャーセンターか……。通えば吹けるようになるのかな」

「なるよ、絶対。練習すれば」

「うん、そうだな。そうだよな」

あたしの提案に、智さんはほおづえをついて考えこんだ。それからふいに顔をあげて言った。

「チャーハンにハンペン入れるとおいしいの、知ってる?」

「ハンペン?」

「この前、飯が足りなかったときに混ぜてみたんだ。同じ白だから。そしたらすごくうまかった」

「へえ。今度やってみる」

あたしたちの話はこんなふうにとりとめもなく続いていく。話がなくなればどちらもだまっている。でもたいていは話が尽きる前に、智さんが大事な仕事を思いだす。ふと気がつくと、音もなくすべてが入れかわっている。

智さんの仕事。

それはいつも三丁目から四丁目へのワープのようにするりと始まった。ふと気がつくと、音もなくすべてが入れかわっている。

この日も、ミルクコーヒーが冷えきったころにあたしがふと気づくと、智さんはもう仕事モードに入っていた。まっすぐで、なのに空虚な智さんの瞳《ひとみ》は、すでにあたしを通りこしてうしろの本棚を見つめている。B5サイズのノートをずらりと並べた三段目。智さんはその棚が気になってしょうがない。やがてついに歩みより、一冊のノートを手に取った。一番右の、一番新しいノートだけど、すでに水色の表紙は色あせて四隅もへこんでいる。三段目にあるノートの中身はすべて、智さんが描いたある乗物の設計図だった。

「こまったなあ。彼らがさ、もうあんまり時間がないってせかすんだよ。きのうも催促されちゃって。まだ問題は山積みなのに……」

座卓でノートをめくりながら、再び智さんがぼそぼそしゃべりだした。けれどもう、その言葉はあたしへむけられたものじゃない。大事な仕事を思いだすと同時に、智さんはいつも静かにあたしを忘れるのだ。

あたしは、だけどそうして透明人間のように智さんの横顔をながめているのが好きだった。

「一番の問題はやっぱりスペースだな。いや、面積ってよりも配置の問題なんだ。実際、船の体積はもう彼らが正確な値を出していて……」

もはや仕事しか頭にない智さんのそばにいると、あたしという存在がどんどん透けて、消えていく気がする。

動物のいやなにおいが消えて、あこがれの花や草木に近づける気がする。

時計の針が七時を過ぎるまで、あたしはそうしてまどろむように智さんの部屋にいた。

帰りがけにぱちんと電気を灯《とも》し、「帰るね」と一応声をかけたら、智さんは一瞬だけ手を休めて、にこっとふりむいてくれたから、百パーセントあたしを忘れてるわけでもないのかもしれない。

外へ出ると、車のライトや建物のネオンが急にまぶしく目を刺した。

ひっきりなしに駆けぬけていく車の、重い、けたたましいエンジンの音に、めまいがしそうだった。

「さくら」

と、いきなりうしろから呼びかけられたのは、国道沿いの停留所でバスを待っているときだった。

ふりむくと、そこには勝田くんがいた。

「え。なんで？」

まだはんぶん花や草木の気分でいたあたしは、その唐突な出現に心底ぎょっとした。

「なんで勝田くんがいるの？」

ぽかんとたずねると、勝田くんは言った。

「そりゃあ、さくらを尾行してたからだよ」

その意味がのみこめるまでには少々時間がかかった。

「尾行？」

「そう」

「いつから？」

「もちろん学校から。同じバスに乗ったの、気がつかなかった？」

あたしは首をひねった。あのバスにはうちの中学の生徒がたくさん乗ってたし、あたしはぼけっと窓の外ばかりながめていて、勝田くんがいるなんてちっとも知らなかった。まして尾行されているなんて……。

「なんで尾行なんてしたの？」

頭がはっきりしてくるにつれ、不快な思いがふくらんできた。

「だまって人のあとつけるなんて趣味悪いよ」

「だって、さくらが逃げるから」

勝田くんはしゃあしゃあと言った。

「逃げるとなんか、気になるじゃん。気になるとじっとしてらんないんだよ、オレ。それにこのごろ梨利もおかしいけど、さくらもおかしいし。なんか隠しごとでもあるのかなって、ちょっと探ってみることにしたわけ」

勝田くんは悪びれるどころか、尾行の成功を得意がっている感じさえする。どこまでも非常識なその態度に、あたしは少しぞっとした。

「なんだよ、さくら。へんな顔すんなよ」

「へんなのは勝田くんだよ。ふつうは尾行なんてしないんだから」

「そうか？　オレはよくするけどな」

「ひっ」

「おい、逃げるなよ」

思わずあとずさりしたあたしの腕を、勝田くんがぐいっと引っぱった。暗いバス停にはあたしと勝田くんのふたりきりしかいない。やめてよ、とあたしは思いきり勝田くんの手を払った。

闇のむこうから近づいてくるバスのライトを見たのは、その直後だ。

「あたし、あのバスに乗るから！」

あたしは大声をあげてふたつの光を指さした。かなり動揺していた。

「うん、オレも乗るから」

「だめ、勝田くんは乗っちゃだめ」

「なんで。つぎのバスまで二十分もあるんだぜ」

「でもだめ、絶対にだめ！　もしも乗ったら大声で騒ぐから」

あたしが本気でおびえているのがわかったのか、勝田くんはふてくされながらもしぶしぶ「わかったよ」とうなずいた。

やがてバスが来て停車した。

あたしはほっとして入り口のステップに足をかけた。

と同時に、背中から勝田くんの声がした。

「戸川《とがわ》って、だれ？」

はじかれたようにふりむくと、路上の勝田くんが愉快そうに目を細めている。

「なんで……」

なんで勝田くんが智さんの名字を?

うなじのあたりに寒気が走った。

「なんで知ってるの?」

勝田くんは笑顔をくずさずに言った。

「さくらが入ってった部屋の、表札」

ブーッ、と発車の合図が鳴ってドアが閉まった。

手すりにしがみついたあたしを乗せて、バスが静かに動きだす。

窓ガラスのむこうでは勝田くんがひらひらと手をふっていた。

＊

ずん、と縦に響く地震で目を覚ましたのは、その三日後の日曜日のことだ。

あたしは瞬時に飛びおきたけど、時計を見ると、まだ八時。たちまち損した気分になる。

もう少し寝ようとふとんをかぶったものの、数分後に再び大きなゆれがあり、なんだか不安になってすごすごとベッドから這《は》いだした。このところまた地震が増えてきた気がする。

階段をおりて居間へ行くと、休日なのに家族はだれもいなかった。父親は休日出勤ｏｒ

接待ゴルフ、母親はテニスｏｒエアロビクスｏｒ荻窪《おぎくぼ》で自然食品の店を開いている友達の手伝い、高校一年生の姉は携帯電話の使用料を払うためのアルバイトｏｒまた新しい男とのデート、ってとこだろう。

テーブルでトーストが焼けるのを待ちながら、あたしはテレビのスイッチを入れた。

朝一番のテレビは、内容なんてどうだっていいから、とにかく大勢の人が出演して、大勢の笑い声がする番組をつけることにしている。探さなくても最近はそんな番組ばかりがあふれている。テレビに出てる大人ってみんなばかっぽーい、と思いながらながめていると、やがてポロロンと音がして、画面の上を地震速報が横切った。東北のほうでもさっき地震が起こったらしい。じきに大きいのが来るのかもしれない。

もしも東京で大地震が起こったら……と、あたしはがらんとした居間を見まわしながら思った。なにかといそがしいうちの家族は、みんなばらばらに死ぬ確率が高そうだ。かわりに、なんだか最近のあたしは勝田くんと一緒に死ぬ確率が低くない気がして、怖い。

三日前のあの日以来、勝田くんはあたしの前に姿を現していない。でも、現さないだけでどこかにひそんでいるのかもしれないし、昨夜は三回も電話がかかってきた。きのうも家族はいなかったから、ずっと留守録にしておいたけど、「勝田です。話があります。また電話します。チャオ」とくりかえすその声はぶきみだった。

尾行のことだって、考えれば考えるほどぶきみになる。あの日、あたしは少なくとも二時間は智さんの部屋にいた。ということは、勝田くんもそのあいだずっとあたしを待っていたはずなのだ。コーポの下や、鉄筋の階段や、もしかしたら扉のすぐむこうで息をひそめて。

一年生のころからしつこく梨利につきまとってきた勝田くんの執念深さは知っていた。でもそれはあまり上手じゃない梨利への愛情表現なのだと思っていた。もしも勝田くんが、ただ単に人を追いかけまわすのが好きな人だったとしたら？

まさかね、とあたしは思った。一応、友達の勝田くんをそこまで疑っちゃいけない。いけない、いけない……と、その数時間後、昼食の買いだしにむかったスーパーでまたしても勝田くんと出くわすまでは、そう思っていた。

智さんからきいたハンペンチャーハンを作ってみようと、あたしは最初、近所のコンビニにいったのだ。でもその店にハンペンはなく、しかたなく駅前まで歩くことにした。それが運の尽きだった。

駅前の堺屋《さかいや》はかなり大きなスーパーマーケットで、このあたりでは一番新鮮な商品をそろえている。食品だけでなく、日用雑貨や化粧品などの棚も充実している。最初、その化粧品のコーナーであたしを驚かせたのは、勝田くんではなくて梨利たちだった。

ハンペンをかごに入れたあと、シャンプーの棚を探していたら、キャッキャとどこかかききおぼえのあるはしゃぎ声がして、見ると、マニキュアのテスターで梨利たちが遊んでいたのだ。

同じクラスの静香、秋江、愛《あい》、サヤカ、美也子《みやこ》、そして梨利。六人はぺたんと床に座りこみ、赤や紫のテスターで爪や手の甲にらくがきをしていた。そのわきを、買い物かごをさげたおばさんたちがいやな顔をして通りすぎていく。照明の加減のせいか、梨利の髪はますます赤茶けてきたように見えた。

グループをぬけた今、こんなところでみんなと顔を合わせるのは避けたい。なのにあたしは棚の陰に隠れたまま、梨利から目をはなせずにいた。ちょっと前までは休日のたびに遊んでいた梨利が、今、目の前でほかの子たちとの休日を楽しんでいる。見たくもないその姿からどうしても目がはなせない。

「よっ、さくら」

そのとき、立ちつくすあたしの耳もとで、急に勝田くんの声がした。

最初はまさかと思った。気のせいだ。幻聴に決まってる。でも、恐る恐るふりむくと、そこにはニッとえくぼを作った勝田くんが立っていた。

「ひゃ……」

「しっ」

それからの勝田くんはすばやかった。悲鳴をあげかけたあたしの腕をつかむなり、梨利たちとは反対の方向へずるずると引きずっていく。

気がつくと、あたしはドッグフードのコーナーにいた。

「奇遇だなあ、さくら。こんなところで会うなんて」

見た目だけは歯みがき粉のＣＭみたいにさわやかな、この笑顔。

「やめてよ、もう」

あたしはもうほとんど泣きそうだった。

「奇遇じゃなくって、また尾行してたんでしょ」

「ちがうよ、今のはほんとに偶然だって」

「うそっ。じゃあこんなところでなにしてんのよ」

「梨利の尾行だよ」

「……」

なんだか熱が出そうだ。勝田くんという人がどんどんわからなくなっていく。

「でもよかったよ、さくらに会えて。大事な話があるんだ。ゆうべ何回も電話したんだぜ。な、昼めしでも食いながら話そうぜ、おごるから」

「いい。家で食べるから」

たとえケーキの食べ放題につれていくと言われても断っただろう。あたしはさっさと背中をむけて歩きだしたけど、

「戸川ってやつの話だぜ」

うしろから追いかけてきたその声に、びくっと足を止めた。ふりむくと、勝田くんは意味深な笑みを浮かべている。このときほど勝田くんを憎らしく思ったことはなかった。

「智さんがどうしたの？」

智さんにおかしなまねをしたら殺してやる。

きつくにらみつけると、勝田くんはいくらかひるんだように見えた。

「いや、べつにどうもしないけど、ちょっとききたいことが、さあ。だからゆっくり話そうぜ。ここじゃなんだし」

あたしはあたりを見まわした。たしかに、ここじゃいつ梨利たちが来るかわからない。

「わかった。行こ」

結局、勝田くんの思うつぼだった。

先に立ってつかつかレジへと歩きだしながら、あたしは精一杯の皮肉をこめて勝田くんをふりむいた。

「梨利の尾行はもういいの？」

「いいよ、もう今日は」

勝田くんはしらっとつぶやいた。

「どうせあいつら、ろくなことしねえんだし」

それはあたしも知っていた。


暗くてふたりきりだった三日前の夜に比べると、この日は昼間で明るいぶんだけ、あたしの気持ちにも余裕があった。それでもやはり、まわりには人が多ければ多いにこしたことはない。

スーパーから徒歩五分。あたしはいつも混みあっている甘味処に勝田くんをつれていった。そしてその店で、昼でも夜でも関係のない勝田くんの底知れぬぶきみさを思いしることになったのだ。

「戸川智。二十四歳。独身。酒もたばこもやらない超まじめ男。現在は自宅付近にあるタツミマートってスーパーでバイト中。けっこう二枚目で驚いたよ」

やきそばランチを注文するなり、勝田くんがさっそく話を切り出したとき、あたしはもう怒りも通りこして力がぬけてしまった。あたしの知らないところで勝手に智さんのことを調べて、勝手に驚いたりしてる勝田くんってなんだろう？

あたしは冷たく勝田くんを見すえた。

「どうやって調べたの。また尾行？」

「いいや。今回は、はりこみだ」

「はりこみ……」

「根気のいる仕事だよ」

勝田くんが自慢げに始めた話によると、彼はきのう、わざわざ学校を休んで朝からあのコーポをはりこんでいたのだという。階段の下で201号室の智さんが姿を現すのをひたすら待ちつづけたらしい。そして午前九時四十三分、ついに外出していく智さんを目撃。さっそく追跡したところ（結局、尾行もしている）、十一分ほど歩いたところで、智さんは国道沿いにあるタツミマートの従業員用出入り口をくぐっていった。なるほど、ここで働いてるのか、とふつうなら納得してひきさがるところだろう。が、ぜんぜんふつうじゃない勝田くんは客としてスーパーに潜入。なんと、今度はききこみ調査を開始したのだった。

「うちのおふくろがここで働いてる戸川って男のおやじと再婚するんだけど、オレの兄貴になる戸川ってどんなやつ？」

なんてしらじらしい嘘をついて、感じのよさそうなレジのお姉さんたちから情報を集めてきたらしい。

「けど無口な男らしくてさ、三人にきいたんだけど、三人ともあんまりしゃべったこともないって、収穫はいまいちだったたな。ま、おとなしいけど親切で、力仕事を代わってくれたりもするって、評判は悪くなかったけどね」

勝田くんがそう言ってほほえんだとき、うしろからぷんといいにおいがして、やきそばランチが運ばれてきた。ソースやきそば、たこやき、あんみつの人気セットだ。

もう勝田くんの顔も見たくなかったあたしは、直角に下をむいて黙々とそれを食べはじめた。本当は食欲も失せていたけど、食べなきゃ勝田くんに負けてしまう気がした。

「まずききたいんだけど」

あんみつの豆まできれいにたいらげ、「ごちそうさま」とスプーンをおくなり、あたしは気合いを入れて勝田くんにむきなおった。

「なんで勝田くんが智さんのことを調べるの？　そんなことしてなんになるの？　調べたことをあたしに報告してどうしてほしいわけ？　勝田くんはいったいどうしたいわけ⁉」

たたみかけるように吐きだした。食事中、あれも言おう、これも言おうと考えていたのだ。

「落ちつけよ。さくらがオレにききたいことがあるなら、ぜんぶ答えてやる。だからひとつずつ答えられるようにきけよ」

勝田くんは冷静だった。

「ええっと、まず、なんでオレが戸川のことを調べたかっていうと、そりゃあもちろん、気になるからだよ。さくらと梨利がケンカして、梨利はこのごろA組のバカ女どもとべったりだし、さくらの様子もおかしい。それであとをつけたら、見たことない名前の表札がかかった部屋に消えてった。へえ、だれだろって、気になるじゃん。だから調べた。こんなことをしてなんになるのかは、オレも知らない。調べたことをさくらに報告してんのは、レジの女にちょっと気になる話をきいたから。ま、調子にのってたところはあるかもしんないけど、基本的にオレは梨利とさくらになにがあったのか知りたいだけなんだ」

勝田くんが急にまじめな顔をするから、あたしはぎくっと身がまえた。勝田くんはなにをどこまでかぎつけたんだろう?

「実際さ、あの戸川って男と、梨利とさくらがおかしくなった原因、まったく関係なくもないんじゃないの?」

「どうして」

「レジの女が言ってたんだよ、戸川は親切だけど、でもちょっと奇妙に優しすぎるところがあるって」

「どういう意味?」

「七月の半ばに、あのスーパーでちょっとした事件があったんだ」

あたしを見すえる勝田くんの瞳《ひとみ》が鋭さを増した。

「中学生くらいの女の子がふたり、店で万引きしてたのを店長に見つかった。ひとりは逃げたけど、ひとりは捕まった。店長はその子の名前や電話番号をきだそうとしたけど、頑固な子で、絶対にしゃべろうとしない。親が来るまで帰さないぞって店長も意地になって、どっちも折れないまま夜がふけていった。でもちょっと店長が目をはなしたすきに、戸川がその子を逃がしちゃったんだって」

「……」

「戸川はその子を自分ちまでつれてったんじゃないのか。なあ、さくら。それがきっかけでふたりが仲よくなるなんてこともありえるよな」

「……」

「捕まったのがおまえで、逃げたのが梨利だ。ちがうか?」

「そうだよ」

と、あたしはうなずいた。サスペンスドラマの犯人なら、そろそろファファファと高笑いして海にでも飛びこむところだけど、あたしにとってその一件自体はどうってこともない。

「やっぱり、な」

勝田くんは自分の推理が当たってうれしそうだった。

「七月の半ばっていったら、夏休みの前だろ。ちょうどおまえと梨利がおかしくなった時期じゃん。それにおまえら、前から万引きしまくってたしな、組織がらみで」

「知ってたの？」

「柱の陰から、いつも捕まらないように祈ってたよ」

「はー」

そこまで尾行されていたなら、今さら隠したってしかたがない。

「前からききたかったんだけどさ、おまえらの万引きっていったいどういうシステムになってたわけ？」

勝田くんに問われるままに、あたしは絶対に明かしたくない一点をのぞいて、それまでのいきさつを語りはじめた。

一九九八年七月十九日。あたしにとって最悪の一日となったあの日につながる一連の出来事が、いつ、どのように始まったのか、はっきりたどるのはむずかしい。初めて万引きしたのが二九八〇円の指輪だったことはおぼえてるけど、それをいつ、どこで盗んだかは忘れてしまった。たぶん中二になりたてのころ、新しいグループの静香たちに誘われたのがきっかけだ。あたしと梨利はその新しい遊びにすぐ慣れた。「スリルを楽しんでいる」なんて大人たちが言うほどのスリルは万引きごときじゃ得られないけど、お金を払わずにものが手に入るのは楽しいことだった。

といっても、あたしと梨利がねらうのはアクセサリーやリップなどの小物類ばかり。静香たちみたいに戦利品の大きさや値段、万引きの難易度などを競いあうまではしなかった。うっすら、本当にうっすらとだけどあたしの目には「はい、ここまで」というラインが見えて、それ以上やばいところに行こうとする自分を止めるのだ。

そんなあたしのラインをはるかにこえて、グループのみんなが暴走を始めたのが五月の半ば。学年で一番髪が赤く、高校生とのつきあいも広い静香が、街で妙な男たちと知りあったのが発端だった。

「万引きしたものを流してくれ」と、彼らは静香にもちかけてきたのだという。「できるだけ高値で、しかも生活必需品ってのが一番いい。電化製品は超歓迎。高価な化粧品もいいね。あと、カメラのフィルムを大量にほしがってるやつがいるから流してくれないかな。もちろん、お礼はするからさ」

つまり、万引きしたものを渡せば報酬をくれる、というわけだ。

最初、静香からこの話をもちかけられたとき、あたしは迷わず断った。梨利もためらったし、グループの半分は気が進まない様子だった。が、この件に関して静香はいつになく強引だった。

「やらないんだったら、グループぬける?」

どうやら静香は男たちのひとりにハマっていたらしく、お金のためというよりは「彼のため」になんでもしそうな勢いだったのだ。

リーダー格の静香にそこまで言われて、あたしたちはたじろいだ。グループをぬけたからといって、たちまち報復するほど静香は子供じゃないだろう。でも、静香の機嫌を損ねたらこの学校にいづらくなるのはたしかだし、これまでみたいにクラスでもいいポジションにいられなくなる。

「わかった。やる」

グループのみんなはつぎつぎと降伏していった。梨利が小声で「あたしもやる」とつぶやいたとき、あたしもついに観念した。本能が「やばい」と告げるラインを、このとき初めてこえたのだ。

万引きはもはや娯楽ではなくて一種の仕事だった。あたしたちは三チームに分かれて活動を開始。電化製品などの大物をキメたことのないあたしと梨利は、化粧品やフィルムなどの小物担当となり、そのノルマを週に一度、例の男たちに納めることになった。彼らがその品々をどう利用してどれだけ儲《もう》けていたのかは知らされていない。

あたしたちへの報酬などはせこいものだった。有名ブランドのリップやマニキュア、美容液、カメラのフィルム、などをつめこんだ紙袋を渡して、見返りはひとり二、三千円。大物ねらいのみんなは歩合制だったけど、それでも収入はせいぜい盗んだ総額の五パーセント。リスクが高いわりに見入りの少ない仕事だったものの、文句を言いだせるムードではなかった。

平均キャリア六年という静香たちの万引きの腕はたしかなものだったけど、一度だけ、サヤカが最新型ビデオカメラをしとめようとして捕まったことがある。デパートの警備室に親を呼ばれたサヤカは、「東京の風景を撮して田舎のおばあちゃんにプレゼントしたかった」と大ボラを吹いて泣きに泣き、もう二度としないと約束して許しを乞《こ》うたらしい。

そしてその三日後、べつのデパートから最新型ノートパソコンを箱ごと盗みだす、という快挙をなしとげて、みごとに名誉を挽回《ばんかい》した。それをきっかけにみんなの大物ねらいはますますエスカレートしていき、同時にあたしと梨利へのノルマもかさんでいったわけだ。あたしたちへの負担はどんどん重くなった。ノルマをこなせなかった週には報酬さえももらえなくなった。もうついていけない、とあたしが限界を感じたのは七月の上旬だ。そのままいけば本当にとりかえしのつかないことになりそうな気がした。

思いきってグループをぬけよう、とあたしは梨利にもちかけた。「静香が怖い」とひるむ梨利に、「ふたりなら怖くない」と必死で説得して、なんとかうんと言わせた。

静香はあたしたちの申し出をクールに受けとめた。

「ぬけたいんならぬければ。でも最後にフィルム五百本、お願いね」

フィルム五百本。もちろんいやがらせだ。

それでもあたしたちはなんとか用意してみせようと、何日もかけてコンビニやスーパーをはしごした。同じところに何度も行くとあやしまれるから、バスや電車で新しい町まで出稼ぎに行くこともあった。

ようやく半分の二百五十本まで来ていたあの日も、あたしたちはいつもどおりにぶらっとバスに乗り、ぶらっと降りたところでタツミマートの看板を見つけたのだ。近よってみると、店舗が広いわりにさびれた雰囲気が漂っている。万引きには好都合の店がまえに思えた。

そこから先は勝田くんの推理どおりだ。店内でフィルムを万引きしていたあたしは、突然背後から「なにをしてる！」とどなりつけられた。ふりむくと、あのへびのようにしつこい店長が肩を怒らせて立っていた。そばにいたあたしは捕まり、梨利は逃げた。

表面的にはたったそれだけのことだったのだ。

ただしその後、あたしは予定どおりグループをぬけて、梨利はぬけずにとどまりつづけている。


「つまり、こういうことだろ」

あたしの話が終わると、勝田くんは言った。

「一緒に万引きしてたのに、さくらだけが捕まって、梨利ひとりが逃げた。梨利はさくらを見すてたんだ。それでふたりの関係がおかしくなったってわけ」

そんなに簡単なことならよかったのにと思いつつ、あたしは力なくかぶりをふった。

「そうじゃないの」

「なんで」

「ちがうの」

「なにが。だってその日からおまえらふたりがおかしくなったのはたしかだろ」

「だからそれは……」

勝田くんの追及に、あたしは言葉をつまらせた。だめだ。とても言えない。

心の底にふたをして閉じこめているものがある。それはとても邪悪なもの。とても汚くて見るに堪えないもの。できれば忘れてしまいたいそれを思いだすたびに、あたしは人間をやめたくなる。

「そういえば、さっき勝田くんが言ってたこと、ひとつまちがってた」

あたしは話題を変えた。

「たしかにあの日、あたしを逃がしてくれたのは智さんだけど、べつにあたしを部屋までつれてったわけじゃないから。あたしが勝手についてったの」

そう。あの夜、ひどくみじめで、情けなくて、しかもへび店長との根気比べでへとへとだったあたしを外の世界へと解放してくれた智さんは、あたしにとってまさにメシアそのものだった。へび店長が閉店後の点検にまわっているあいだ、智さんは音もなく事務室に現れて、気がつくと戸口の前からふしぎそうにあたしをながめていた。目が合うと、つつっと歩みよってきて、あたしの手を引いた。そのまま従業員用の出入り口まで導いてくれたのだ。

なんで？　なんで助けてくれたの？

別れぎわにたずねると、智さんは軽くほほえんであたしの瞳《ひとみ》を指さした。

「きこえた」

え？

「SOS、きこえた」

じゃ、と手をあげて外の暗闇へと消えていく智さんを、あたしは自然と追っていた。お礼を言いたいとか、名前をききたいとかじゃなくて、ただもう少しだけこの人のそばにいたいと思った。店の出口までじゃなく、できればどこかの入り口、少しでも明かりの見えるところまでつれていってほしかった。

鼻水をすすりながらとぼとぼあとをつけていくあたしを、智さんは追いかえしたりはしなかった。少しこまった顔で「入る？」とコーポの部屋に招きいれ、あのおいしいミルクコーヒーを淹れてくれたのだ。

「で、そのままやることやっちゃったわけだ」

いきなり勝田くんが口をはさんだ。

「なによ、それ」

これだから同い年の男はいやだ。ガキで不潔でエッチなことしか考えちゃいないのだ。

「智さんがそんなことするわけないじゃない。勝田くんと一緒にしないでよ」

勝田くんは「へ？」とひょうしぬけした顔をして、

「だっておまえらデキてんじゃないの？」

「ちがうってば。あたしと智さんは友達っていうか、なんていうか、ほっとしあえる関係なんだから」

「寝ぼけんなよ。おまえふつうな、二十四歳の男ってのは女と一緒にいてほっとしたりしないんだって。むらむらするのが男なんだよ」

「でも智さんはちがうんだってば！」

「だったらあいつ、そうとうへんなやつだぜ」

これにはかなりむっときた。たしかに智さんは少し変わっているかもしれない。でも……。

「勝田くんにだけは、へんだなんて言われたくない」

あたしはガタンと椅子を鳴らして立ちあがった。

「帰る。勝田くんおごるって言ったよね、さっき」

「言ったけど、でもまだ肝心なところきいてないよ。梨利とさくらになにがあったのか」

「知らない。あの日にかぎって尾行してなかったあんたが悪いのよ」

なるほど、とふむふむ納得する勝田くんを尻目《しりめ》に、あたしはさっさと店を出た。

午後三時。陽の傾きかけた駅前通りには、ネギや大根をビニールバッグからのぞかせたおばさんたちの姿がちらつき始めていた。その健全な人の波にまぎれていると、しばし心が平和になる。あたたかい味噌汁の湯気や、ほかほかのごはんの中にいるみたいな、なにげない心強さがあたしの足取りをたしかにしてくれる。それでもあたしは家までの道のり、数歩ごとにうしろをふりむいたり、さっと脇道にそれてみたりする注意をおこたらなかった。

そういえば勝田くん、とっくにうちの場所くらい知ってたなあ、と思いだしたのは、さんざん遠まわりをしたあげく、ようやく家についたあとのことだ。

疲れきったあたしが玄関の戸をあけると、居間から突然、テニスウエアの母親が飛びだしてきて、

「今日はママ、びしばしエースを決めたのよ。イエイ！」

と、人の顔を見るなりVサインをつきだした。

＊

もうずいぶん前のこと。

まだあたしが小学生のころだったと思うけど、母親、姉、あたし、とめずらしく三人そろってテレビのなんとか映画劇場を観たことがある。

映画のタイトルは『危険な情事』。妻子もちのおやじにのめりこんだ女が、これでもか、これでもか、とおやじを追いかけまわす話だった。

その女が、ものすごく怖い。おやじの子供をつれさったり、おやじの家に忍びこんだり、飼っていたうさぎを勝手に鍋《なべ》で煮たり、もう、なんでそんなことをするのかぜんぜんわからない。

「いねえよ、こんな女」

と、思わずテレビにつっこみを入れたほどだ。

すると姉から反論された。

「あんたにはまだ女の情念ってのがわかんないのよ」

姉は大人びた口調でそういい、「ねえ」と母親に同意を求めたのだけど、どうやら相手をまちがえていた。

「それにしてもひまよねえ、この女の人。テニスでも始めればいいのに」

母親は減肥茶をすすりながらつぶやき、あたしたちを一気にしらけさせたのだった。

べつにたいした思い出じゃない。ふりかえったところでなんの教訓も感慨もない。なのになぜ今さらこんなことを思いだしたのかというと、その映画に、外出していたおやじが家に帰ると、例の怖い女が自分の妻と仲よく談笑していた、という場面がある。

ある日の放課後、一週間ぶりに智さんのコーポを訪ねたあたしは、そのときのおやじの「ひええ!」をまざまざと思いしることになったのだった。


「いらっしゃい」

の声とともに扉が開いた瞬間から、なんとなくいつもとちがう気配は感じていた。玄関には小汚いスニーカーが投げだされているし、台所には早くもミルクコーヒーの香りが漂っている。あたしを迎えてくれた智さんの笑顔も、今作ったというよりはさっきからの続きのようにくつろいで見える。

たちこめる異物のにおい。

「友達が来てるよ」

智さんに告げられた瞬間、考えるよりも先にあたしは走りだしていた。

あいつだ。こんなことをするのはあいつしかいない!

猛然と、討ち入りでもかけるように奥の和室へ飛びこんでいくと、案の定、窓辺の壁にもたれた勝田くんの姿があった。

「お、さくら」

勝田くんはめずらしくあわてていた。

「へえ、なんか奇遇だな、つうかおじゃましてます、つうか、その……」

なんておろおろしているところを見ると、どうやらあたしを尾行してきたわけじゃないらしい。でも、じゃあ、いったい……。

「なにしに来たのよ！」

あたしは両足をふんばって仁王立ちになり、力まかせにどなりつけた。血を見たいほどの怒りを感じたのはひさしぶりだった。

「いや、あの、あのな……」

殺気は勝田くんにも伝わったらしい。

「まあ、落つけって。おれはその、ちょっと戸川さんに話があって来ただけなんだから」

「話ってなによ」

「いや、だからあの……」

「智さんになに話したのよ」

「まだなんも話してないよ。仲よし三人組の勝田ですって自己紹介しただけで」

「最低！　あんたってほんとに最低！」

こみあげる涙で視界がぼやけた。

ここだけは、この場所だけは勝田くんに荒らされたくなかったのに……。

唇をぶるぶるふるわせながら、あたしは右腕を伸ばして玄関を指さし、

「出てけ！」

と、勝田くんに命じた。

その右腕を、うしろから智さんのやわらかい手がつかんだ。

「ぼくがさくらのこと助けたからって、お礼言いに来てくれたんだよ」

「そんなの、嘘。こいつ嘘ばっかりついてるんだから。お礼なんかじゃなくて、ほんとはなんかを探りに来たんだよ」

「それでもいいよ。それが彼の任務ならそうすればいい」

「……任務？」

「べつにきみが悪いわけじゃないよね」

と、智さんはあくまでもおだやかに勝田くんをふりむいた。

「みんなそれぞれ立場や任務があるんだからさ、それはしょうがないよ、だれが悪いわけでもない。ぼくはぼくの任務で船を造るけど、その情報を探るのがきみの任務ならそうす

ればいい。どうせ設計図はまだ完成してないわけだし」

　勝田くんがきょとんとあたしに目をむけた。

　あたしはだまって目をふせるしかなかった。

　ここに勝田くんを入れたくなかったのは、智さんの仕事を彼がどう受けとめるのか不安だったせいでもある。

「未完成なのにはもちろんそれなりの理由がある」

　あたしたちの沈黙も気にとめず、智さんは例のノートを手にとって卓上に広げた。と同時に、条件反射のようにさらさらと鉛筆を走らせはじめる。

「たとえば重量の問題かな。彼らはぼくの船が少し重すぎやしないかって心配してるんだ。将来、人口が増えたときのために船自体の重量はもっとぎりぎりまでけずっておくべきなんだって。配置の問題も解決していない。つまり人や動物をどんな配置で乗せるかってことなんだけど、たとえば年じゅう戦争してる国同士がとなりあわせになったらどうなると思う？　船の中ではだれもが平等だけど、人種や宗教のちがいによる争いが完全になくなるまでにはかなりの時間がかかりそうな気がする」

　智さんは慣れた手つきでデッサンを続け、十分もしないうちにノートには巨大な宇宙船の輪郭が生まれていた。２Ｈの鉛筆で緻密《ちみつ》に描かれたそれは、プロの手による設計図にはおよばないまでも、思わず見入ってしまうほど上手な絵にはかわりない。智さんはもともと絵が得意だったのか、それとも書いては消し、また書いては消して完璧《かんぺき》な宇宙船をめざしているうちに、いつのまにか上達したのかはわからない。

「あとはまあ、外観の問題かな。彼らは外観よりも機能性を重視してるようだけど、ぼくはやっぱり美しい船を造りたいんだ。人類のだれもが誇りに思えるような船を、ね」

エンジンやタンク、ハッチなど、宇宙船の細部が調っていくにつれて智さんはますますデッサンに没頭し、次第に口数が少なくなっていく。その瞳《ひとみ》は真摯《しんし》に宇宙船だけを見つめていて、あたしたちなどもう完全に視界からはみだしているけれど、いつものことなのであたしは慣れていた。勝田くんは……というと、最初の驚きも薄れてきたのか、いつのまにか座卓のわきから身をのりだして智さんの絵に見入っている。

もしも勝田くんが少しでも仕事の邪魔をしたり、よけいなことを言ったりしたら、あたしはすぐさま彼を追いだして死ぬまで許さなかっただろう。

でも勝田くんはそうしなかった。勝田くんはただふしぎそうに智さんをながめていただけだった。あたしが初めてここにきた日にそうしたように。

黙々と宇宙船を描きつづける智さんと、無言でそれを見つめる勝田くんと、ミルクコーヒーの香りと、暮れてきた窓のむこう側と、薄闇に溶けていくあたしたちの影と——。

そのすべてが淡く、2Hの鉛筆で描かれたような部屋の中では、強烈な怒りも居場所をなくしてみるみる遠ざかっていく。あたしは次第に勝田くんのことなどどうでもよくなって、うとうととまどろむような心地になっていった。

結局その日、あたしたちがコーポをあとにしたのは八時すぎだった。

帰り道の勝田くんはいつになくもの静かで、バス停までの道のりも、バスを待っているあいだも、バスの中でも、むずかしい顔をしてだまりこんだまま一言も口をきこうとしなかった。あたしも引きつづきぼんやりしていて、勝田くんの勝手なふるまいを許したわけではないけど、今さらせめたりなじったりする元気はわいてこなかった。

あたしたちがようやく口を開いたのは、うちの近所でバスを降りてからのことだ。

なぜだか一緒にバスを降りた勝田くんは、うちにむかって歩きだしたあたしをどうどうと尾行しながら、突然、背中からつきさすように言ったのだ。

「彼らって、だれだ?」

いきなり核心をつかれた質問をされて、あたしは緊張した。勝田くんの声も緊張していた。

「わからない」

とつぶやいて空をあおぐと、星のない闇をさざ波のような雲が覆っていた。

「でも、だれかが智さんに宇宙船の設計を依頼してるの」

「うん」

「その宇宙船はいつか全人類を乗せて飛びたつことになるの」

「うん」

「時間はあまり残ってないみたい。だから智さんはいそがなきゃいけない」

「うん」

「今までいろいろきいたのをまとめるとそうなるんだけど……」

「そうか」

と、勝田くんはつぶやいた。

「そうかあ」

ため息にも似た大きな深呼吸。なにをどうのみこんだのか、勝田くんはそれっきりもうなにもきかず、また無言で足音だけを響かせはじめた。やがてはその足音も消えて、ふりむくと、もう勝田くんの姿はなかったから、「やっといなくなった……」とあたしはひさびさの解放感を味わったのだけど、甘かった。

この日からというもの、なぜだか勝田くんは頻繁に……というよりは執拗《しつよう》に、智さんの部屋へ通いつめるようになったのだ。

あたしがふらっと智さんの部屋に行く。するとそこにはほぼ必ず、すでに勝田くんの靴がある。勝田くんの声がして、勝田くんのにおいが漂っている。たとえ勝田くん自身がいないときでも、室内には勝田くんがおいていったコミック誌やスナック菓子などが散乱していて、しっかり気配だけは焼きつけている。

うっとうしいにもほどがある。

「用もないくせになんで来るのよ」

あたしは何度も文句《もんく》を言ったけど、

「じゃあ、さくらはなんか用があって来んのかよ」

言いかえされて言葉をなくすのは、いつもあたしのほうだった。

「だいたい、ここは智さんちだろ。さくらに来んなとか言われるおぼえないよ。智さんはオレを歓迎してくれてんだからさ」

勝田くんのえらそうな言い分は、くやしいことに、事実だった。実際、智さんは勝田くんを煙たがるどころか、話し相手ができてよろこんでいるようだったのだ。それは、勝田くんが宇宙船の設計図をねらう情報部員ではないと認めたせいかもしれないし、もしかしたら反対に、なんて熱心な情報部員だろうと感心したせいかもしれない。

ともあれ、勝田くんが智さんの設計図にひどく興味を示していたのはたしかだった。

「ねえねえ、このでかい装置ってなに？」

「これってなんの部屋？」

来る日も来る日も、勝田くんは智さんにぴったりよりそって質問を連発した。そのたびに智さんは仕事を中断して、でもなんとなくうれしそうに答えるのだ。

「えぇっと、これはマザー・コンピューター。船の全機能を管理するわけだから、何重にもガードをめぐらせてある。プログラム操作のためのパスワードは、ぼくと彼らのごく一部しか知らされないことになってるんだ。で、こっちは重力コントロール室。船内にはもちろん人工重力が働いてて、それを手動で微調整する場合の部屋だよ」

「へえ。じゃあ船内でふわふわ浮いたりはしないわけ？」

「浮いてみたいなら、宇宙服を着て船外に出ればいい。そういうウォーキング・エリアも設けるつもりだから」

やっぱり男と女ってちがうんだろうか。宇宙船がどうという以前に、乗物全般にあまり興味のないあたしに比べて、勝田くんは明らかにノリがちがった。額をつきあわせてああだこうだと語りあうふたりは、まるで仲のいい兄弟のようで、なんだか自分だけ疎外されたようなさびしささえ感じてしまう。

みるみる西日が傾いていく中で、あたしはときおりふっと、「このふたりはどこまで本気なんだろう」と考えたりもした。

五秒以上考えるのはきついテーマだから、すぐにあきらめて軽くまぶたを閉じる。

十秒で浅い眠りにつけるのが智さんの部屋なのに、今では勝田くんの声がやたらと耳につく。

勝田くんは邪魔だ。勝田くんはぶきみだ。

しゃくだから、あたしは勝田くんなんていないようにふるまっていたけど、もっとしゃくなことに、勝田くんもあたしを相手にしなくなっていた。ついこの前まではあんなにしつこく追いまわしてたくせに、今では智さん一本という感じで、なにが一本だかわからないけど、もうあたしなんて目に入っていない気がする。もはやたのまなくても勝田くんはあたしとちがうバスで帰っていく。

そんなあたしたちのぎくしゃくした関係は、智さんも気にかけていたようだった。

「さくらと尚純《なおずみ》は友達じゃないの？　なんでふたりはしゃべらないのかな」

と、一度、勝田くんのいないときにきかれたことがある。

十月の頭。勝田くんが智さんの部屋に入りびたるようになって二週間目のことだった。

「もともとそんなに仲よくなかったから」

あたしは事実を端的に言った。

「あたしは梨利って子の友達で、勝田くんは梨利の追っかけだったの。それだけの関係」

「追っかけ?」

「梨利のことが好きで、年じゅう追いかけまわしてたの。わかるでしょ、そのしつこさ」

「うーん」

「あたしはいつも梨利といたから、自然と勝田くんとも一緒だっただけ。一言で言うと……」

一言で言うと、勝田くんはあたしと梨利の思い出についてまわる染みのような存在なのだ。

たとえば、一年生のころ。あたしと梨利は高いところが好きで、よく近所の歩道橋の上でぼうっとときを過ごした。暮れていく空や、通りすぎていく人や車を、ほんの少しだけ上のところから他人事《ひとごと》のようにながめているのがあたしは好きだった。梨利はひじをのせた欄干の振動が好きだといっていた。そんなとき、歩道橋から降りてくるミニスカートが好きだ、とひとりだけ階段の下にいたのが勝田くんだった。

梨利とはお気に入りの歌手も同じで、やはり一年生のときだけど、一緒にその歌手の家を探しにいったことがある。渋谷《しぶや》に住んでいるという手がかりしかなかったから、探すといっても表札だけがたよりで、一軒一軒まわっていくうちにすぐに疲れて飽きてしまった。

でもなんか楽しかったよねー、とアイスクリームの店でいつまでも長話をしてたっけ。そんなとき、ひとりだけ執念ぶかく探しつづけて、夜中に「お笑いタレントのアパートなら発見！」と梨利の家に電話をかけてきたりするのが勝田くんだった。

当時はあたしも梨利もポニーテールにしていて、小柄な体型も似ているから、よく近所のおばさんたちに「ふたごみたいね」と声をかけられた。じつはそれがうれしくて同じ髪型にしていたのだ。「ふたごだって」と顔を合わせて笑うたび、「なんでみつごじゃないんだっ」とかたわらで拳《こぶし》をふるわせていたのが勝田くんだった。

「なんか、あのころって楽しかったな」

智さんに話しているうちに、なんだかせつなくなってきた。

思い出は透明だ。とくにあのころのあたしたちは。

あたしはまだ花や草木をうらやむこともなく、梨利もつやのあるきれいな黒髪をしていて、恐怖の一九九九年だってまだずっと先のことのようだった、あのころ。

「今は楽しくないの？」

智さんにきかれて、あたしは口ごもった。

「今はもうだめ。いろいろやりすぎた」

「いろいろ？」

「悪事をかさねたから」

「はは」

智さんは愉快そうに目尻をたらしたけど、笑いごとじゃない。今でも梨利はまだ静香たちと悪事をかさねつづけている。街に流れる曲や流行《はや》りのグッズが三か月で総がわりするように、あたしたちはめくるめく光速で変わりつづけて、どんどんあのころから遠ざかっていく。

「でも、なんだかんだ言って結局、仲のいい三人なんじゃないのかな、話きいてると。うらやましいよ。ぼくは昔から友達づきあいとか苦手なほうだったから」

沈みこんだあたしをはげますように智さんが言った。

「今度その梨利って子もつれてくればいいのに」

智さんは優しい。きっとだれにでもこんなふうに優しい。仕事中は鋭く張りつめた瞳《ひとみ》も、ふだんはゆったりとやわらいでいて、見つめられるとなんでも話してしまいたくなる。

「梨利は来ないよ」と、あたしは言った。「梨利は絶対に来ない」

「どうして」

「もう友達じゃないから」

「え、なんで?」

だって……と口をひらきかけたそのとき、玄関から「ちーっす！」と、勝田くんの高い声がして、あたしはあわてて言葉をのみこんだ。

そうして秘密はまた深く、深く、心の闇に沈んでいく。

ダッテ……、

アタシガ、梨利ヲ、裏切ッタカラ。

＊

秋。通学路の並木がぽちぽち色を変えはじめて、あたしたちの制服の衣替えも終わり、緑の中をすりぬけていた白いセーラー服は、落ち葉をふみしめる紺色の群れに変わった。半袖《はんそで》が長袖に替わっただけなのに、いきなり地面が重たげに、地球がぐんと老けこんだように見えるからふしぎだ。いったいあとどれくらいこの星はもちこたえるのだろう。

「地球の寿命って何歳？」

ある夜、たまたまそばにいた姉にたずねたら、

「地球なんて知んないけど、あたしたちが大人になるころって、日本人の平均寿命は四十

五歳になってるんだって」

と、珍説に踊らされやすい姉は言った。

「ほら、あたしたちの世代ってさ、これまで人類が食べたことない添加物とか、保存料とか、いっぱい食べてきてるわけじゃん。紫外線もあびてるし、酸性雨も受けてるし。そういうのが人体に与える害ってのは、計りしれないわけよ」

じゃあなんで四十五歳と計れるのか謎だけど、姉はとくにその寿命の短さをなげいてるふうでもなく、どうせ年金もらえないしさー、と開きなおっていた。

あたしにしてみれば、でも、四十五歳まで生きるなんて大ラッキーだ。

下手すると人類は来年滅びる。

一九九九年の始まりまであと八十七日、梨利と気まずくなってからもう七十七日、という月曜日の放課後、あたしはまたしても担任から呼びだしをうけた。

原因は、今回もひと月前のアンケート。

ただし、あたしのものじゃない。

「これ、どう思う?」

と、担任が職員室のデスクから取りだしたのは、梨利のアンケート用紙だった。中園梨利、の名前を見るまでもなく、ちょっと右あがりのなつかしい丸文字ですぐわかった。

「いったい中園さんはどうしちゃったのかしら」

担任が憂えているわけも、その丸文字を見れば一目瞭然《りょうぜん》だ。

『二〇〇〇年なんかこない』

梨利の進路希望欄には、そう乱暴に書きなぐられていたのだった。

「悲しいわよね。悲しすぎるわよ。未来を、明日を信じられないなんて……。それにこのごろの中園さんはおかしいわ。不良みたいな髪をして、授業にも出ないし、前回の期末テストだってすっぽかしたのよ。もう中園さんにはついていけない気がするのは、先生だけかしら。ねえ、鳥井さんはどう思う？」

「どうって……」

あたしにきかれてもこまってしまう。

「さあ」

「さあ？」

「まあ」

「まあ？」

冷たいのね、と担任は雪だるまでも見るような顔をした。

「中園さんと鳥井さん。ふたりは親友。だからいつでも力になってあげるものと思ってたのに……。鳥井さんは中園さんがどうなってもかまわないの？」

この担任といると、ときどき、植物どころか獰猛《どうもう》な野獣にでも変身したくなる。

「だいたいどうなってるのかしら、このごろの中学生は。鳥井さんは『不明』で、中園さんは『二〇〇〇年なんかこない』。あなたたちだけじゃないわ、クラスのほとんどがそんなものなのよ。わたしたちが子供のころは、もっとわくわくと将来の夢を語りあったものだわ。女優になりたいとか、一流企業をめざすとか、総理大臣になりたいとか。なぜあなたたちはそういう夢をもてないのかしら」

なぜならそれは、女優になっていい思いをしてもすぐに掌《てのひら》を返したようにバッシングされるのがオチだし、今はまさかと思うような一流企業があっけなく倒産してしまう時代で、政治家ほど人にきらわれる存在はないからだ、とあたしは心の中で答えたものの、わざわざ口に出すほど親切ではなかった。

「鳥井さんにならわかってもらえると思ったのに、残念だわ。中園さんのことはやっぱりご両親にお話しするしかなさそうね」

担任は失望を隠さずに言った。

「もういいわよ、帰っても」

あたしはうなずいて歩きだしたけど、戸口へむかう途中でふと思いたって、ふりむいた。

「先生」

「なんで梨利と直接、話さないんですか」

担任は机上に飾られた愛犬の写真をながめながら言った。

「だってわたし、中園さんにきらわれてる気がするんだもの」

担任に言われるまでもなく、梨利のことはあたしだってつねに気にしていた。なにしろ、このところ学校でほとんど姿を見かけない。朝は教室にいても昼にはもういなかったり、授業の途中でぬけだしたり、ふらっと給食だけ食べて帰ってしまったり。気のせいか顔色もよくないし、廊下ですれちがうとアルコールやタバコのにおいがすることもある。いったいどこでなにをしてるんだか……。

「どうしてこんなときにかぎって尾行してないのよ！」

その日の放課後、智さんの部屋で顔を合わせるなり、あたしは発作的に勝田くんをどなりつけた。

「勝田くんがしっかり見はってないから、梨利、どんどんおかしくなっちゃうじゃない。勝田くんのせいだよ。勝田くんが肝心なときに尾行しないで、むだな尾行ばっかりしてるから」

最近の勝田くんは宇宙船に夢中で、梨利が一番不安定なときに目をはなしている。あたしにはそれが不満だったのだ。

「そうだよ。どうせオレはむだ足ばっかふんでたよ」

勝田くんはむすっと言いかえした

「それに気がついて、もうやめたんだ。これからは、遠まわりだけど効果的な道を行く」

遠まわりだけど効果的な道？

「なによ、それ」

目が合うと、勝田くんはさっとそらした。たいした道ではなさそうだ。

「関係ないだろ、さくらには。だいたいさくらはなんなんだよ。梨利のこと、ずっとほっぽってるのはさくらのほうじゃんか」

突然の反撃に、今度はあたしが目をそらした。

「梨利がおかしくなったのは、さくらとケンカしてからだよ。そんなの自分でもわかってんだろ。なんとかしなきゃなんねえのはさくらのほうじゃないのかよ」

「あたしは……あたしはなにもできないから、だから勝田くんにたのんでるんじゃない」

「なんでなにもできないんだよ。梨利はおまえを待ってんだぞ。おまえが手をさしのべるのを待ってんだよ、オレじゃだめなんだよ」

あたしはうつむいてなんども首をふった。ちがう。梨利はあたしを待っていない。あたしが手をさしのべても、梨利はきっとふりはらうだろう。

「なにがちがうんだよ」

「あたしは梨利を救えない」

「じゃあこのままでいいのかよ」

「このままって……」

「見せてやるよ」と、勝田くんは乱暴にあたしの腕を引っぱった。「今の梨利がどんなだか見せてやる」

あかね色の部屋に智さんを残して、勝田くんは半ば強引にあたしをつれだした。

この日の智さんはいつにも増して仕事熱心で、あたしたちの口論も耳に入っていないようだった。勝田くんの影響かもしれないけど、このごろ智さんはノートにむかう時間がますます増えてきた気がする。

勝田くんがあたしをつれていった先は、バスでいったん学校へもどり、さらに五つほど停留所をこえたところにある住宅地のマンションだった。

中庭をはさんだL字形の六階建て。てらてらと光る青煉瓦《あおれんが》の外壁。しばらく来ないうちに駐車場わきの花壇が消えて、そのぶんごみすて場のスペースが拡張されていた。

「なつかしい?」

L字のまんなかでふりむいた勝田くんに、

「ちょっとね」

と、あたしは肩をすくめた。

あたしは以前、万引きのノルマを週に一度、このマンションの503号室——静香の彼氏の部屋に運んでいたのだ。

「梨利たち、今日も来るぜ。月、水、金はたいていここなんだ、最近」

五階の窓《まど》をにらみながら言う勝田くんに、あたしは「さすが」と感心してみせた。

「尾行はしてなくても、把握はしてるんだ」

「ついでにあいつら、ここで薬やってる」

「薬?」

「ここの帰りはいつもめちゃくちゃラリってるもん」

「梨利は?」

「梨利も」

「あー」

ついにやったか、とがっくりきた。静香はもともと薬の常習で、梨利は誘われるたび好奇心をおさえるのに苦労していたのだ。

「どうして勝田くん、止めないのよ」

今度こそ本当に頭に来た。

「そこまで知ってて、なんであんたはいつもどっかの陰から見てるだけなの？」

「ひとりで部屋にのりこめってのかよ。大人の男が何人もいるんだぜ」

「だったら梨利ひとりのときに……」

「それなら止めたよ、ばかになるからやめろって何百回も。でもあいつぜんぜん耳かそうとしないしさ、このごろはオレの顔見ただけで逃げてくし。オレだってあいつがラリってるとこなんか見たくねえし、しょうがないから尾行もやめて遠まわりだけど効果的な道を行くことにしたんだよ」

しゅんと肩を落とす勝田くんに、あたしは心もち声を弱めた。

「その、遠まわりってなんなの、いったい」

「教えない」

「なんで」

「またオレのことぶきみがるから」

「……」

またぶきみなことなのか、とあたしが絶句した、そのとき。

「なんだこいつら」

背後から急に秋江の声がした。

ハッとふりかえると、中庭の小径《こみち》に静香たちがずらりとせいぞろいしている。これからノルマを届けに行くらしく、全員ぱんぱんの紙袋をさげていた。

「また勝田か」

あざけるような声をあげたのは静香だった。

「おまえ、百万回ふられてもこりないんだって？」

ほっとけ、とそっぽをむいた勝田くんのわきをげらげら笑いながら通りすぎていく。あたしのことは完全に無視。秋江たちも静香に従いぞろぞろと共同玄関へむかっていく。

梨利は一番うしろからふし目がちにやってきた。あたしと勝田くんのことを意識していて、でも絶対見ないようにしている。青いVネックのセーターに細身の黒いパンツ、というでたちのせいか、またさらに体の線が細くなった気がした。

「梨利」

気がつくと、あたしは梨利の名を呼んでいた。

そんなつもりはぜんぜんなかったのに、口が勝手に動いていた。

「梨利」

ざわっと風が夜気を乱して、みんながあたしに注目した。

静香たちも、となりの勝田くんも、そして……。

梨利がゆっくりとあたしをふりむいた。

七十七日ぶりにあたしたちの目が合った。

心なしか梨利の目はにごっていた。

「帰って」

と、梨利は言った。静かだけれど強い響きで、

「さくらにはもうなんにも関係ない」

ゆらめく地面の上で瞬《まばた》きひとつできないまま、あたしはこのときたしかに、しばらく死んだ気がする。

「帰ろうか」と、耳もとで勝田くんがささやいたのはおぼえている。それからもう一度「帰れるか?」と、ややたよりなげにきかれたのもおぼえている。だいじょうぶ、帰れる、ひとりにさせて、ばいばい。ぎこちない片言で言い残し、勝田くんから逃げるように歩き

だしたところまではうっすら記憶に残っていて、でもそれから自分がどこをどうたどってあの場所に行きついたのかは、まったくおぼえていない。

停止していた頭が徐々に動きだしたのは、いつもの騒がしい国道から201号室の暗い窓を見あげたときだった。智さんはまた電気をつけないで仕事をしている、目に悪いから明かりをつけなくては……と自分の役割を思いだしてようやく、ほんの少しだけ平常心にもどれたのだ。

だけど結局、明かりはつけなかった。

赤い目を智さんに見られたくなかった。

「どうしたの?」

下をむいて隠してたのに、玄関の扉をあけた瞬間から、智さんはあたしの様子がおかしいことに気がついたようだった。夜の八時。こんな時間に再びやってきたこと自体、すでにおかしかったのかもしれない。

あたしはなにも言わずに靴をぬぎ、奥の和室へと足を進めた。

部屋の空気はひんやりと乾いていた。

闇に沈んだ座卓にはいつものノートが広げられていて、ちらっと目をやるなり、あたしは「え」と眉《まゆ》をよせた。

智さんはいつも2Hの鉛筆でそうっと、そうっと愛《め》でるように線を描く。なのにそこに見える宇宙船は、まるで力ずくでぬりつぶされたように黒々としていた。線も粗く、輪郭もでたらめだ。あまりにもいろんなものをつめこみすぎて破裂した船みたいだった。

「これ、どうしたの？」

あたしがきくと、智さんは苦笑して、

「なんでもない、ちょっとあせってやけになっちゃっただけ」

「ほんと？」

「うん。それよりさくらはどうしたの」

「あたし？」

「なにがあった？」

あたしはゆっくりと智さんを見あげた。それから衝動的に、洗いざらしのシャツを着たその胸もとに額を押しあてた。両手を腰にまわしてきゅっとしがみつくと、智さんはあたしの背中に左手をあてて、右手で頭をさすってくれた。

智さんの掌《てのひら》は優しかった。

呼吸はおだやかで、性欲は感じていないようだった。

「智さん」

「なに」

「宇宙船ができたら……」と、あたしはぼんやりつぶやいた。「そしたら、あたしも乗せてくれる？」

「もちろん」

智さんは快く受けいれてくれた。

「みんな乗るんだよ。さくらも、尚純も、全人類も」

智さんは全人類を快く受けいれようとしている。

「ほんとにみんな？」

「みんなだよ」

「いい人も、悪い人も？」

「うん」

「罪をかさねた人も？」

「うん」

「裏切り者も？」

「裏切り者？」

寒い夜に毛布をたぐるように、あたしはひときわ強く智さんの体にしがみついた。

「親も教師もなんだかあてにならなくて、だから友達だけだったの」

「……」

「ほんと言うと友達もあてにならなくて、だから梨利だけだったの」

「この前言ってた……」

「そう。たぶん梨利も同じだったと思う。同じようにあたしのことあてにしてくれてたと思う。なのに……」

言いながらあたしは玄関のほうへと顔をむけていった。

「勝田くんも中できいて」

数秒後、玄関の扉がぎしっと音を立て開き、ばつが悪そうに勝田くんが顔をのぞかせた。

「よくわかったな」

あんたの行動パターンは読めている、というふうにうなずいてから、あたしはもう一度
「きいて」とつぶやいた。

「あの日、あのスーパーで梨利を裏切ったのは、あたしのほうなんだよ」

思いだすといまだに右手が冷たくなる。

裏切る気持ちは、誓ってなかった。

なのに右手が裏切っていた。

裏切り――。

勝田くんは以前、「ふたりで万引きをしてたのに、さくらだけが捕まって梨利は逃げた。それで気まずくなったんだ」と言っていた。けれどその推論は外れてるだけじゃなくて、ナンセンスだ。だって梨利が逃げたのはごく当然のことなのだから。

ふたり以上で万引きをする場合、「たとえ自分が捕まっても、ほかの子は巻きこまない」という約束があたしたちのグループにはあった。捕まった子だけがすべてを引きうける。仲間は売らない。チクらない。それは万引きの基本であり、鉄則であった。そしてもしかしたら、年中つるんでいながら心はばらばらだったあたしたちを結ぶ、唯一の絆《きずな》であったかもしれない。

あのころ、万引きのしすぎでものの価値もお金の価値もわからなくなっていたあたしたちが、ただひとつ、これは大事だとはっきり思えたのがその約束だったのだ。

「なのに、あたしがそれをやぶったの」

つぶやくなり、あたしは智さんからはなれて壁に背をあて、ずずっと畳の上にしゃがみこんだ。

思い出す。あの日。あのスーパーのあの棚。フィルムをつぎつぎと鞄《かばん》に押しこんでいたあたしのひじを、ふいにうしろからつかんだ髭《ひげ》づらのへび店長。「なにしてるんだ⁉」。耳もとでどなられた瞬間、ぐねっと視界がゆがんで、現実と悪夢のひずみにつきおとされた気がした。万引きなんてたいしたことじゃない、ブルセラで下着を売ったり街で自分を売ったりしてる子に比べればかわいいもんだと思ってたのに、捕まったとたん、急に怖くなった。捕まることがあんなに怖いなんて思わなかった。

「おまえも仲間か？」

へび店長の声にびくっとふりむくと、一メートルほど先で梨利も全身を硬直させていた。まさにへびににらまれたカエル状態で、逃げだそうにも足がすくんで動けずにいる。恐怖にひきつった下まぶたを今も忘れない。

「仲間なのか？」

へび店長がいかつい声ですごんだ。

いいえ、と梨利がふるえる声で否定した。

いいえ、とあたしも梨利をかばうはずだった。

なのにこの喉《のど》が、声が、右手が、全身が梨利を裏切っていた。

「梨利！」

金切り声でさけぶなり、あたしはへび店長の手を払って梨利に突進していたのだ。

気がつくと、あたしの右手は梨利の細い手首をつかんでいた。ありったけの力できつく握りしめていた。魂がぬけたように放心していた梨利は、やがてぴくんとわれにもどって顔をあげ、とても悲しそうな目をあたしにむけて、それから「キャーッ」と悲鳴をあげた。獣に襲われた少女みたいに、全力であたしの手をふりはらって、逃げだした。

ほんのつかのまの出来事だった。あたしが考える力をとりもどしたとき、すでに梨利の姿はなく、あたしを取りまいていたのは白い目をした店員たちだけだった。

あたしは呆然《ぼうぜん》と自分の右手を見おろした。

ものを盗んだその手より、梨利をまきぞえにしようとしたその手がうらめしかった。

それ以来、梨利が静香たちの陰に隠れるようにあたしを避けるようになったのは、だから当然の話なのだ。

「わかった？　だからあたしと梨利は、もう前みたいな友達にはもどれないんだよ。あたしが梨利を……傷つけたから」

あたしの告白が終わっても、智さんと勝田くんの反応はなかなか返ってこなかった。おたがいの距離さえおぼろげな薄闇の中では、ふたりがなにを思い、どんな表情をしているのかもわからない。やがて智さんがのそっと腰をあげて退室し、数分後に台所からミルクコーヒーのにおいが流れてきた。

智さんに逃がしてもらったあの日、絶望的な思いで初めて口にしたミルクコーヒー。あれだけ落ちこんでいたのに、それでもあのとき「おいしい」と思った。

「いざってときに人間がなにするかなんて、そんなのだれにもわかんねえよ」

と、そのかぐわしいにおいをかぎながら、勝田くんがぼそっとつぶやいた。

いざとなったらわからない。たしかにそうだろう。そんなものだろう。

だけどあたしはがっかりした。

とても自分にがっかりした。

智さんの手からミルクコーヒーを受けとった瞬間、そのあたたかな湯気に誘われるように、どっと涙があふれてきた。あたしはマグカップで顔を隠すようにして泣いた。声をあげずに泣きつづけた。

花や草木に憧れるのは、人間がいやになったからじゃない。

あたしは、あたし自身がいやになったんだ。

心の秘密をうちあけたその夜、あたしはミルクコーヒーで気持ちを落ちつかせてから、ひさしぶりに勝田くんと一緒にコーポをあとにした。というよりも、ひさしぶりに勝田くんがあたしのあとをつけてきた。

帰り道でも勝田くんはほとんど口をきかず、なにやら物思いにふけっていたけど、それでも黙々とあたしの家の前までついてきて、

「おい、さくら」

別れぎわに不吉な言葉を残した。

「もうなにも心配はいらないぞ。あとのことはこのオレにまかせろ」

「は？」

どんな意味だかわからないけど、まかせちゃいけないことだけはわかる。

「お願いだからなにもしないで」

あたしは丁重にお願いして門をくぐった。それが十時半ごろのことだったと思う。

ほんの数分まえにもどったという母親と一緒に、居間で軽い夕食をすませたのが十一時。入浴したのが十一時半。とすると、あたしが消防車のサイレンを耳にしたのは、たぶん午前零時すぎのことだ。

サイレンはそう遠くないところでうなっていた。浴室から部屋にもどる途中だったあたしは、「火事かな」と一瞬足を止めて、すぐにまたとんとん階段をのぼりはじめた。

あとから思えばそれが、あたしたちの街で起こった連続放火事件の、最初のひとつだった。

＊

連続放火事件。

その物騒な炎の最初の標的は、駅からややはなれた裏通りに駐車していた小型トラックだった。夜中にだれかが火のついた紙切れかなにかを放ったらしい。幸い車内にはだれもいなかったものの、「不審火」とききつけた付近の住民たちが騒ぎだし、街ではちょっとしたニュースになった。

その騒動がまだ鎮まらないつぎの夜、今度は町外れの放置自転車置き場で、二十三台の自転車が燃やされた。

さらに二日後には小学校の鳥小屋が炎上し、三十七羽の鳥が焼死した。

当然、街は大混乱だった。

だれがなぜ、なんのためにこんなことをするのか。だれもがそれを知りたがったけど、手がかりはつかめず、たぶん「なんのため」なんて理由も犯人にはないのだろう。だからこそよけいに気味が悪かった。警察はパトロールを強化したものの、まだ不安だと町内会の有志たちが自主的に街の巡回を始め、犯人が変質者だった場合にそなえて小学生は集団で登下校をすることになった。その厳重な警戒態勢のせいか、放火はその後しばらくおさまったけど、まだ油断はできないとだれもがだれかを疑っている。

そんな人々の危機感が微妙に影響しているのだろうか。

奇怪な出来事はあたしのごく身近なところでも起こっていた。

放火事件の発生と同時期に、智さんが宇宙船の設計を妙にあせりはじめたのだ。

いや、考えてみれば少し前から兆候はあったのかもしれない。宇宙船のことにやたらと口を出す勝田くんにあおられた観もあるけど、智さんは徐々にバランスをくずしつつあった気もする。

気がつくと、智さんは憑《つ》かれたような目をするようになっていた。その目は以前より長いことノートだけを見つめていて、夕方、あたしが訪ねたときにはもう仕事にうちこんでいる。ミルクコーヒーを淹れに台所に立ったり、あたしとのんびり話をしたりする余裕もなくしてしまったようだ。

それまで三丁目と四丁目のあいだをふらふらしていた智さんが、ついに五丁目にまで足をふみいれつつあるようで、あたしはなんだか怖かった。五丁目に行ってしまえば、もうあたしにはついていけないし、智さんももどってこられなくなってしまう。そんな気がして、胸が騒いだ。智さんの気を引くために笑える話や怖い話をしても、たいてい智さんはきいていなくて、ひとりでくるくる空まわりしてしまう。

しかもこの時期、どういうわけだか勝田くんがぴたりとコーポに顔を出さなくなってい
た。

よけいなときにばかりつきまとい、肝心なときに姿を見せないのは勝田くんの大きな特徴といえる。いったいどこでなにをしているんだか、学校で顔を合わせても「いいから、オレにまかせとけ」とくりかえすばかりで、さっぱり要領を得ない。存在ばかりでなく不在までもがぶきみな人だった。

「なにも言わずに明日の昼休み、学校の裏庭へ来い」

九日間にわたったぶきみな不在のあと、突然、呼び出しの電話を受けたのは、十日目の夜のことだ。

「裏庭?」

もちろん、なにも言わずに行くわけはなかった。

「いきなりなによ、それ」

あやしむあたしに、勝田くんは「いきなりじゃねえよ」と声をとがらせて、

「毎日毎日、梨利つけまわして説得して、やっとここまでこぎつけたんだぞ」

「梨利?」

あたしはこくんと息をのんだ。

「さくらと話しあうって約束させたぜ」

「ちょっと待って」

「気まずいのはわかるけど、会ってみろよ。オレ、いろいろ考えたけど、あれくらいで梨利がおまえのことうらんでるとは思えないんだよな。なんかほかにありそうな気がする」

「待って……」

「とにかく話しあえって。話さなきゃなんもわかんないし、オレ、いやなんだよ、いつまでもうじうじしてるおまえら見てるの」

あたしだってこんなおせっかいはいやなのに、勝田くんは「じゃあ明日な、オレも立ちあうから心配するな」と、さらに心配の種を増やすようなことを言って電話を切ってしまい、その夜、あたしは眠れなかった。

恐ろしくひとりよがりな勝田くんへのいらだちと、翌日への不安。そして……。

わかってる。あたしは梨利に会うのが、怖いんだ。

翌日は雨で、昼休みの濡《ぬ》れた裏庭にあたし以外の人影はなかった。

以前、梨利に「そこだけ青空みたい」と言われた空色の雨傘を片手に、あたしはベンチのかたわらで梨利を待ちつづけた。

風は徐々に強まり、傘をたたく雨粒のテンポも速まっていく。

雨のむこうから黒いこうもり傘と黄色い傘が並んで近づいてきたのは、足のつまさきがひんやりと湿ってきたころだった。雨雲みたいな黒の下には勝田くんの顔が、満月のような黄色の下には梨利の顔がある。ふたつの傘があたしの手前で動きをとめた。

梨利はそれとなく傘を傾けて顔を隠していた。あたしも真似して傘を傾けた。

無言のあたしたちを雨音が包みこむ。先に口を開くべきなのはあたしのほうなのに、どうしても言葉が出てこない。なにを言えばいいのか、どう言えばいいのか、そもそもあたしは梨利になにを言いたいのか……。

「梨利、あたし……」

ようやく声をしぼりだしたそのとき、

「さくらには関係ないって言ったじゃん」

ぴしゃりと、水をはじくように梨利が言った。

「さくらはほんとに関係ないの。あたしべつにさくらのこと怒ってるわけじゃないから。あの日のことだって関係ないんだから、だからなにも気にしないで」

「じゃあなんでさくらを避けるんだよ」

勝田くんが口をはさむと、

「勝田くんはだまってて」

「はい」

「あたしね、わかってたんだ。あたしとさくらはちがうって、ほんとはずっと前からわかってたの」

思わぬ先手にとまどうあたしに、梨利が言った。さらに傾いた傘の下から、ときおりちらちらとのぞく唇がゆがんでいた。

「あたしはさくらとちがって弱いから。心が弱くて、誘惑に弱くて、楽しいことに弱くて……、だからきっと静香たちとはなれられないってわかってたの。さくらはぬけられても、あたしはぬけられない」もともとさくらとはちがうんだよ」

雨粒がぽつんとほおを濡《ぬ》らした。あたしには梨利の言う意味がわからなかった。

「梨利、なに言ってんの？」

「さくらは強いから。強くて賢いから、みんなと一緒に悪いことしてても絶対に一線を守ってたよね。さくらはちゃんと生きてけるよ。これからも、あたしがいなくても」

「そんな……。あたし、強くないよ」

強かったら、梨利をまきぞえにしようとしたりしない。人間をやめて植物になりたいなんて願ったりしない。

「強くなんかないよ、ぜんぜん」

必死でしぼりだしたその声も、しかし梨利の胸には届いていないようだった。

「あたしはさくらとちがうから」

かたくなな瞳《ひとみ》でくりかえし、梨利は勝田くんをふりむいた。

「もういいでしょ」

「でもまだ……」

「いいでしょ」

「はい」

「約束だから、もう勝田くんもうちに毎日三回電話してきたり、テープがなくなるまで留守録に吹きこんだりするのやめてね。それからあたしがいないときにママと長話するのも、田舎のかぼすとか銀杏《ぎんなん》とか送ってくるのもやめて。お返しが大変だから」

「……はい」

梨利の前だと勝田くんは赤子のようになる。

もともとこの対面は勝田くんとの交換条件のためにあったらしく、梨利は言いたいことだけ言うとさっと背をむけて歩きだした。

みるみる遠ざかっていく黄色い傘。

あたしはその背中に一言だけ呼びかけるのが精一杯だった。

「梨利、薬はやめなよ」

ほんの一瞬、満月のような黄色がぐらっとゆれた気がした。

けれど返事はもどってこなかった。

あたしのこういう一言を、梨利はずっと、ずっとうとましく感じていたのかもしれない。


五時間目は音楽の授業だったけど、とてもドレミの気分ではなく、音楽室でまた梨利と顔を合わせるのもつらかったから、あたしは学校を早退してバスに飛び乗った。

グループをぬけた今、学校に話し相手すらいないあたしが、こんなときしっぽを巻いて逃げていくのは智さんのところと決まっている。智さんはこのごろタツミマートにも通っていないようで、あの部屋に行けば昼間からでも会うことができた。しばらく智さんから遠ざかっていた勝田くんも、人が放っておいてほしいときにかぎってわざわざついてきた。

頭の中がまっ白で、どんな言葉も考えも浮かばなかったあたしがようやく口を開いたのは、バスが水しぶきをあげて走りだしてからだった。

「強くて賢いっていうのは……」

と、あたしはうつろに問いかけた。

「それは、ずるいって意味だと思う？」

勝田くんは困惑顔でため息をついた。

「べつにそんな意味で言ったわけじゃねえだろ」

「あたし、ずるいかもしれないけど、強くはないよ。これ以上はやばいってところで立ちどまるのは、強いからじゃなくって、怖いからだもん」

「そういうのが、梨利から見りゃ強いんじゃないの」

「強くない」

「じゃあいいよ、それでも」と、勝田くんはめんどくさそうに言った。「あんまり気にすんなよ、梨利の言ってたこと。あいつもだいぶ無理してたみたいだし、どこまで本気かわかんないしさ」

「無理？」

「あいつ、最後まで一度もおまえの顔、見なかっただろ。オレ、なんとなくわかるんだよ、あいつが無理してるときって」

「なんで梨利が無理するの？」

「そこなんだよなあ。あいついったいなに意地張ってんだろ」

勝田くんのため息を受けるたび、バスの窓ガラスがほのかに白く煙っていく。窓の外にも煙のようなもやが立ちこめていて、雨の中を歩く人々の影はまばらだった。

「ほんとはさ、オレ、梨利がやけになってんのはノストラダムスのせいだと思ってたんだよ」

「ノストラダムス?」

唐突な話の飛躍に、あたしはきょとんときかえした。

「なんでノストラダムスが出てくるわけ?」

「だってあいつ、あの予言のことすげえ怖がっててんじゃん。どうせ未来なんて来ないとか、一九九九年で死ぬとかしょっちゅうぼやいてるし。で、どうせあと少しの命ならって、やけになって茶髪にしたり薬やったりしてるんじゃないかと読んでたわけよ」

なるほど、とあたしは納得した。例のアンケート（二〇〇〇年なんかこない）を思うと、ありえない話でもなさそうな気がする。

「それでオレは宇宙船を造りたかったんだ」

「宇宙船?」

話がまた飛躍した。

「うん。智さんの言う彼らってのがノストラダムスの関係者かはわかんないけど、でもなんか話きいてると、ぜんぜん無関係でもなさそうじゃん。ノストラダムスの予言で恐怖の大王が降りてくるのが一九九九年の七月。で、智さんももう時間がないとかしょっちゅう言ってるし、どうやらあの宇宙船は全人類を救うことになるらしいしさ。梨利がほんとに予言を怖がってるなら、そういう船のひとつやふたつ、あってもいいんじゃないかと思って。それで智さんの応援始めたわけだけど」

「まさか」と、あたしは恐る恐る言った。「遠まわりだけど効果的な道って……」

「遠まわりしすぎて道に迷った感じだな」

勝田くんはかくんと頭をたらした。

「未来を恐れる彼女に、夢と希望をのせた宇宙船の設計図をプレゼント。感動的だと思ったんだけどなあ。でも今日の話だと梨利、そんなに予言にこだわってるわけでもなさそうだし、なんかオレ、もう梨利がなに考えてんだかわかんなくなってきたよ」

あたしはもうずいぶん前から勝田くんの考えがわからないけど、今の話をきいてますますわからなくなった。そりゃあ、勝田くんなりに梨利のことを思っているのは認める。はたから見ればバカみたいであったり迷惑であったりとんだ勘ちがいであったりしても、本人にすれば大まじめなことってきっと多いだろう。それってほんの少しすてきなことかもしれないとさえ思う。でも……。

「設計図は、いつか完成するかもしれないね」

あたしは言いづらいことを思いきって口にした。

「でも、その船はだれが造るの？」

「わかってる」

間髪をいれずに勝田くんは言った。

「わかってるよ。ほんとはそんなこと、きっと智さんだって……」

智さんだって――。

あたしたちはそれきりだまりこみ、バスを降りるまで重たい沈黙が続いた。

あたしは本人のいないところで智さんの話をするのがきらいで、勝田くんもどうやらそうだったらしく、ふたりきりのときに智さんの話題をもちだすことはなかった。だからこのときも、あたしはこのごろ智さんの様子がおかしいことを勝田くんに話すべきか迷って、結局やめておいたのだ。

どのみち勝田くんは智さんに会うなり、すぐに自分の目でそれを見てとることになる。

「ちーっす。智さん、ひさしぶり」

この日も一心に仕事をしていた智さんは、十日ぶりに訪れた勝田くんの呼びかけに、クリスマスに年賀状をもらったサンタクロースのような目つきで、言ったのだ。

「ひさしぶりってなんだよ、尚純。きのう会ったばっかじゃない」

＊

あたしの目に、智さんはふたりいるように映る。

ひとりは、ふつうの智さん。いつも静かにほほえんでいる。おいしいミルクコーヒーを淹れてくれる。あたしの話におっとり耳を傾けてくれる。そしてけっして、自分自身の話はしない。

もうひとりは、宇宙船を描く智さん。人類のための重大な任務を負っている。時間がないといつもあせっている。その真剣な瞳《ひとみ》に嘘はないのに、なにかが大きくずれている。

そのずれは日増しにふくれあがっていった。

いったいどうなってしまったんだろう。最近の智さんは宇宙船にのめりこむだけじゃなく、時間の感覚までが狂ってきたようだ。あたしたちにとっての三日が智さんには一日だったり、三時間が三分だったり、ときにはきのうとおとといがころっと入れかわってしまったりもする。

ノートのデッサンも日に日に荒れていき、設計図どころか宇宙船の面影さえ失ってきた。

あせって何度も線をかさねるものだから、宇宙船は重心をくずしてあっちこっちに傾き、あげくにまっ黒な怪物になりはててしまう。そのたびに智さんが洩らすつぶやき――「しょせんは日本の船なんだ」とか、「鎖国の時代が長すぎた」とか――も、すでにあたしたちの理解をこえていた。

ノートの黒い怪物にのみこまれるように、ふつうの智さんが消えていく。

智さんが智さんじゃなくなっていく。

それはとても奇妙で残酷なことだったけど、ゆっくりとうちひしがれてもいられないくらい、あたしと勝田くんは目の前のひとつひとつ、智さんの一挙一動におたおたとふりまわされていた。

晴天の日が一番だめで、雨の日もふさぎがちな智さんは、くもりの日だけは妙に明るくて、まるで何事もなかったようにぺらぺらと話しかけてきたりもした。そんな日はあたしや勝田くんの気分も明るく、そのまま永遠にいい状態が続きそうな気がする。期待はその都度、裏切られた。

ウィーンの友達からポストカードが届くと、その後の数日間は気持ちが安定しているようだった。智さんはけっして「うれしい」なんて口には出さないけど、カードはつねに目につくところへ飾って、二、三日は本棚のノートよりもそっちのほうをちらちらと気にしている。その期間は会話も笑顔も増えるから、あたしは会ったこともないその友達に感謝していた。やがてそのカードが部屋になじんで家具の一部のようになったころ、智さんはまたそわそわと落ちつかなくなって、いっこうに進まない宇宙船の設計をじれたりなげいたりし始めるのだ。

こんな状態ではもちろん、タツミマートの仕事もこなせなくなっていたのだろう。智さんはほとんど家にこもりきりになっていた。とはいえ、ときどき夕方まで留守にしているときもあるから、まったく外出していないわけでもなさそうだった。

そんなとき、あたしと勝田くんは玄関の前につっ立ったまま、じりじりと不安な思いで智さんの帰りを待った。あんまり遅いと近所をうろうろ探しにいったりもした。うんと細い糸でかろうじてこの世界につながっているような、その糸が切れたらもう二度ともどってこなくなりそうな、そんな智さんのあやうさが怖かった。

勝田くんは内心、もっとほかのことも恐れていたようだ。

「さくら。しばらくはひとりで智さんち、行くなよ」

と、やけに深刻な口ぶりで忠告されたことがある。

「なんで?」

とたずねると、言いにくそうに目をふせて、

「こんなこと考えたくないけどさ、智さんだって男だし、こういうときには万が一ってこともあるからな。オレなら万が一じゃなくてもやってるし」

勝田くんの言いたいことはわかった。

実際、それはさほど的外れな心配でもなかった。

「智さんは勝田くんとちがうってば」

と笑いとばした数日後、あたしはさっそくきわどい体験をすることになったのだ。

そのころになると、あたしたちはもう毎日のように智さんの家に通っていたけど、その土曜日は勝田くんが食あたりでダウンしていた。あたしはひとりでコーポへ行って、宇宙船の設計に四苦八苦する智さんの横顔をながめつづけ、夜が深まるといつものように蛍光灯の明かりをつけて帰ろうとした。

そのとき、智さんがそれをきらうように立ちあがり、あたしの手首をつかんだのだ。

ぴくんとふりむくと、すぐそこに智さんの目があった。

目と、鼻と、口と――。

顔の輪郭もあやふやなほどの至近距離で見つめられ、ほおのあたりが熱くなる。「智さん?」と首をかしげると、返事のかわりに手首をぎゅっと握られた。痛いほど強く。その指先の力にどきっとした。

「智さん?」

智さんの瞳《ひとみ》はかつて見たことのない光りかたをしていた。

いつもの智さんでも宇宙船を描く智さんでもない、もうひとりの智さんがこのときあたしの前にいた。

それはもしかしたら一番リアルな、生身の智さんだった。

「智さん」

息がつまるような沈黙の中で、あたしはふいにとてもいいことを思いついた、気がした。

「しよう」

「え」

「セックスしよう」

智さんの指先から力がぬけた。瞬《まばた》きをくりかえすその顔はあきらかにとまどっていたけれど、あたしは本気だった。恋でも同情でもなく、さびしさがあたしを大胆にさせた。

「ねえ、しよう」

人間なんてわからない。

愛情も友情もあてにはならない。

自分さえわからない。

でも、体だけはひどく正直そうに見える。

生身の智さんを捕まえたい。

生身のあたしを捕まえてほしい。

「してよ」

智さんは眉《まゆ》をしかめて葛藤《かっとう》していた。欲望と自制心の戦い。苦しげにゆがめばゆがむほど、その戦う顔は美しく見えた。

いいと言ってるんだから、しちゃえばいいものを。どこまでまじめないい人なんだろう。こんなんだから一艘《そう》の宇宙船に全人類を乗せようなんて考えて苦しむのだ。悪人をすてなきゃ船は動かない。はなから無理な話なのに、それでもあきらめないこのお人よしが目の前で壊れていくのを止められないなんて。なにもできずに見ているだけなんて……。

ふいに智さんがあたしの手首をはなして、かわりに頭をくしゃりとなでた。

「大人になったらしような」

自制心の勝利、か。

ふっと苦笑したとたん、急に気がゆるんで、涙腺《るいせん》もゆるんだ。

あたしはぽろぽろと息を殺して泣いた。

ほんとは少し怖かった。

一九九九年に先がけて始まった、智さんの個人的な崩壊。そのことで心を痛めていたのは、あたしだけじゃなかった。もしかしたら勝田くんはあたし以上にショックを受けて、ひとりであたふた動きまわっていた。もともと人の世話を焼くのが異常に好きな人だけど、このときの情熱は半端じゃなかった。

勝田くんはまず、智さんと宇宙船の話をするのをすっぱりとやめた。そして反対に、できるだけ智さんの意識を宇宙船から遠ざけようとし始めた。「つまり、なんかほかのもんに興味が移ればいいわけだろ」というわけで、自宅からゲームやまんが、アダルトビデオなどをもちこんで智さんの気を引く作戦に出たのだ。

が、用意したものがどれも安直すぎたため、ちっとも智さんの気を引けず、勝田くんという人の底の浅さを知らしめるだけで終わった。

その後も、「部屋が明るくなれば心も明るくなる」と蛍光灯を明るいものに変えて智さんにいやがられたり、家からもってきたCDラジカセで「心のなごむCD」をかけてうるさがられたり、リラクゼーションのためとインドのお香をたいて「くさい」と言われたり、勝田くんのやることはみんなことごとく裏目に出た。なにもやらないことが一番智さんのためになるのではないかと思えるほどだったけど、それでも勝田くんの気づかいや、なにかやりたくてしかたない思いだけは伝わってきた。

たびかさなる失敗にもめげず、勝田くんがついに大がかりな芝居にまでうってでたのは、十一月に入って間もないころのことだ。

「すごい古文書を発見した！」

と、勝田くんはその日、智さんの部屋に現れるなり大声を張りあげた。

「古文書？」

このアイテムだけですでに十分あやしい。いったいなにが始まるのか……。

「じつはオレ、こないだ図書館で古い本を借りたんだ」

内心ひやひやしていたあたしの気も知らず、勝田くんが下手な演技を開始した。

「そんでその本をめくったら、なんと、驚くべきことにこの古文書がはさまっていたわけだ。しかもただの古文書じゃない。ものすごい予言が書かれた古文書なんだ。まずはふたりに見せようと思ってさ」

勝田くんがさしだした「古文書」というのは、習字で使う半紙のような薄紙に、細筆でさらさらと短い文章が記されたものだった。幾重にも折りたたまれたしわのあとや、古色をかもす汚れまでがついている。

「どうやら奇跡の予言らしいんだよ」と勝田くんが言う内容は、たしかに、ものすごかった。

一九九八年　最後の満月の夜
水城《みずき》小学校の屋上に
真の友　四人が集いし　その時
月の船　舞い降り　人類を救う
すると人類は　もう宇宙船を造らなくてよくなるであろう

「う……」

嘘をつけ、のうめき声をあたしはかろうじてのみこんだ。

どんな素人でも捏造《ねつぞう》とわかる嘘くささ。気持ちはわかるけど都合のよすぎる予言。そして、古文書と言いながら思いきり現代語……。

「な、な、すごいだろ。これって世紀の大発見かなあ」

べつの意味でのすごさに圧倒されていたあたしと智さんに、勝田くんが熱っぽく語りつづける。

「でもさ、ここだけの話だけど、オレ、マスコミにはこのことしばらくふせとくつもりなんだ。べつに騒がれるのがいやってわけじゃないんだけど、せめて一九九八年最後の満月を迎えるまではそっとしておきたいと思ってさ。この月の船ってのを静かに待ちたいんだよ。それにしても、この真の友四人ってのはだれのことかなあ。なあ、智さん。なあ、さくら。ふたりともどう思う？　ん？　ん……ん？」

勝田くんの話が終わらないうちに、智さんは何事もなかったようにノートにむきなおり、せっせと仕事を再開していた。

「ん!?」

手がこんでいたせいか、この失敗には勝田くんもだいぶこたえたらしい。

「ちくしょう、三日も寝ないで考えたのに。いったいどこがどうまずかったんだよ」

その日は帰りのバスの中でもずっとくやしがっていた。

「どこがって……」

最初からぜんぶに決まっているけど、あたしだって鬼ではない。やることなすこと空まわりの勝田くんに多少の同情はしていた。

「図書館の本にはさまってた、っていうのがちょっとねえ」

かなりさしひいて指摘すると、勝田くんは「そっかあ」と素直にうなずいて、

「図書館はまずいか、やっぱり」

「うん。勝田くん、行きそうにないし」

「やっぱ田舎の蔵から見つかった、にするべきだったかな」

「うん、うん。ついでにおばあちゃんが死んだおじいちゃんからのラブレターを読みかえしてたらひょっこり古文書が交じってた、なんてエピソードのひとつもあれば文句なしなんだけど」

「さくら」

「ん？」

「オレ、ほんとに月の船が来ればいいなって思ったんだよ」

「……」

急に真顔で言われて、言葉をなくした。

「ほんとに月の船が来ればいいと思ったんだ」

思いつめた声を出しながら、勝田くんが窓のむこうへと首を傾けていく。つられてあたしも目をやると、よく澄んだ夜空にはあとちょっとで満月というふくよかな月が浮かんでいた。たぶん明日かあさってにはきれいな円を描くだろう。

あたしは古文書の予言を思いだし、「ねえ」と勝田くんに問いかけた。

「真の友四人って、だれとだれ？」

「そりゃあ、智さんとオレとさくらと……」

「と？」

「梨利に決まってんだろ」

勝田くんは「あーあ」と肩を落として、

「一石二鳥だと思ったのになあ。あの古文書を信じてくれたらさ、智さんはもう宇宙船の心配しなくてすむし、真の友四人が必要なわけだから、さくらもあわてて梨利と仲なおりするかもしんないって、けっこうオレ、期待してたのに。あの紙一枚でみんながうまくいくはずだったんだよ」

あたしは「はあ」とため息をつくしかなかった。友達思いといえば友達思い、ひとりよがりといえばこれ以上ないほどひとりよがりな計画だ。しかも、勝田くんの計画はどれもこれも底が浅すぎる。

「だけどもし……」

あたしはこわごわきいてみた。

「もし四人が集まって、なのに月の船が現れなかったら、どうしてたつもり？」

勝田くんは「あ」と口を開いた。

そのままいつまでもあわあわやっていた。

開いた口がふさがらないのはこっちのほうだった。

しらけたムードが広がるあたしたちを乗せて、バスはがたごと走りつづける。会話がとぎれたとたん、うしろ座席を陣どるおばさんたちの話し声が急に耳につきはじめた。

「そうそう、あの八丁目の奥の……」

「泊まりに来ていた娘さん夫婦が気づいたんですって」

十月の終わりにまたしても起こった放火事件の話だ。ここ数日、街で耳にするのはたいていこの話と決まっている。今回、被害にあったのは川べりの民家で、幸いボヤに終わったものの、放火はどんどん悪質になっていく。

「ほんっとにもう怖くて怖くて」

「いきなり火をつけられちゃったら、防ごうったって防げませんものねえ」

「この街の人間ですよ、犯人は。この街でばかり起こるんですから」

「いやあねえ、なんだかこのところ暗い事件ばかりで」

「景気はあいかわらずですし」

などと声高にしゃべりつづけるおばさんたちの話を（たいてい最後は景気で終わる）、あたしと勝田くんは神妙にきいていた。

「あの放火、まさか」と、勝田くんが低くつぶやいたのは、おばさんたちがバスを降りたあとだった。「まさか梨利たちのしわざじゃねえよな」

「まさか」と、あたしもつられて口走った。「智さんってこともないよね」

あたしたちは顔を見あわせて、くねくねっと弱々しく首をふりあった。

「だいじょうぶ。どっちもねえよ」

「うん」

一時期、あたしがひそかに勝田くんまでも疑っていたことは、さすがに口に出せなかった。


帰宅の時間は日増しに遅くなり、この夜、あたしが家についたのは十一時すぎだった。さすがの母親も「このごろちょっと出歩きすぎじゃない?」と眉《まゆ》をよせるほどだったけど、そういう彼女自身、あたしより帰宅の遅い日が少なくなかった。街中のみんなが放火魔を恐れて外出をひかえてるこの時期に、うちの家族たちはあくまでもマイペースをくずそうとしない。

この夜も、玄関の扉を開けると家の中は真っ暗で、あたしは電気のスイッチに指を伸ばしかけて、ためらった。

蛍光灯の明かりをきらう智さんの気持ちが、ときどきわかる。あたしは誓って家族などいなくても平気だけど、平気すぎることがときどきむなしくなる。

暗い中で考えていたのは梨利のことだった。こんなとき、こんな夜、以前のあたしなら必ず梨利に電話をかけていた。梨利の声をきくとポットにお湯を注ぐように心のエネルギーが満ちていく。くだらない話をしているだけでほっとして、数時間後にはまた新しい一日が始まるのも悪くないと思えた。

やっぱりあたしは強くない。梨利にはあたしが必要と勝田くんは言うけど、あたしだって梨利がうんと必要だったのだ。

鼻の奥がつんとなった、そのとき。

家中の電話がいっせいにぷるぷると音をあげた。

あたしはあわてて靴をぬぎ、一番近い居間の電話に駆けよった。

「もしもし、鳥井です」

返事はない。受話器のむこうから伝わってくるのは、息をつめたような沈黙だけ。もしかして、と鼓動がたちまち急テンポになった。

「……梨利？」

こわごわ呼びかけた。

とたんに沈黙が壊れて、かちゃっと音がした。

つきはなすように電話は切れて、耳に残ったのはあのよそよそしい機械音だけだった。

＊

ときどき悪夢にうなされる。あたしの悪夢はハリウッド映画なみに単純でわかりやすい。

真冬の雪山登山。ロープの上から襲いかかる雪崩。

難破する船。割れた窓から押しよせる海水。

炎にのまれる家。血のような深紅に染まる視界。

絶体絶命のピンチに立たされるたび、あたしはすぐそばで傍観しているだれかに助けを求める。そのだれかはたいてい梨利だけど、ときには母親であったり、姉であったり、なぜかクラスの担任《たんにん》であったりもする。

恐怖にふるえながらあたしは彼らに哀願する。

助けて、と渾身《こんしん》の力で右手をつきだす。

彼らはその手をふりはらい、さっと背をむけて去っていく。

そうしてあたしは雪崩の下敷きになる。

暗い海底に沈んでいく。

肉を焦がして灰になる――。

幸せな夢というのは、目覚めるとすぐタンポポの綿毛が飛ぶように消えるのに、悪夢と現実の境界はひどくあやふやで、「夢か……」と見極めるまでに時間がかかるのはなぜだろう。夢と気づいてからも全身が汗ばんでいたり、恐怖の余韻にどきどきしているうちは、人はまだ悪夢の中にいるのかもしれない。

そしてごくまれに、その悪夢からぬけだせなくなることもある。


智さんのシャープなあごから喉《のど》もと、首筋にかけての流れるようなライン。その白い肌に猫の爪痕《つめあと》のような線があることに気づいたのは、十一月の半ばだった。

かすかに血の色をにじませた数本のひっかき傷。

「智さん。それ、どうしたの？」

最初に見つけた勝田くんがたずねると、智さんはいぶかしげに首をひねって、

「それが、わかんないんだよなあ。朝起きたらひりひりして、夜中にひっかかれたんだと思うけど、いったいだれがこんなことするのかな」

あたしと勝田くんはぎくっと目を合わせた。この部屋に住んでいるのは智さんひとりだ。少なくとも、あたしたちはほかのだれともでくわしたことがない。よって、夜中に智さん

をひっかく人なんていない。

「猫、いない？」

あたしは室内を見まわした。

「猫？」

「夜中に窓から入ってきたりしない？」

「それはないよ。戸閉まりしてるし」

冷静に答える智さんに、

「ねずみは？」

と、勝田くんも座卓の下をのぞきこんで言った。

「ねずみもいないと思うよ」

「ほんと？　台所は？」

「いてもねずみはひっかかないよ」

「……だよね」

結局、この日はこのていどの追及にとどまり、三人で雁首《がんくび》をそろえて「おかしなこともあるもんだ」とふしぎがるだけで終わった。いったいその傷はだれのしわざなのか？　深くつきつめればかなり怖い結論が出てしまうことに、あたしも勝田くんもうすうす勘づいていたのだと思う。

けれどもその三日後、智さんの喉もとに新しい傷痕——今度はもっとひどいみみずばれを見たとき、あたしたちはもう現実から目をそらすことができなくなってしまった。

「ほんっとおかしいんだよなあ。ちゃんと戸閉まりしてるのに、だれがこんなことするんだろ。このごろ彼らから連絡がないのも、もしかしてだれかが妨害してるからなのかな。まったくいいかげんにしてほしいよ」

不快げにぼやきつづける智さんの声。

あたしと勝田くんは部屋の両端に座りこみ、呆《ほう》けたような顔でそれをきいていた。どちらもなにも言わなかったし、身じろぎさえもしなかった。ファンヒーターも意味をなさないほど隙間風の多い室内で、あたしたちはただただ、凍りついたようにそこにいた。本当に絶望的ななにかとむかいあったときは怒っても泣いてもむだなのだ、なげいても悲しんでもなんの足しにもならないのだと、あたしは初めて肌身に感じた。

結局そんなとき、人は冷静にそのときすべきことをするしかないのだろう。たとえまだ中学生でも。強くも賢くもなくても。

二時間以上の静寂のあと、あたしと勝田くんはどちらからともなく立ちあがり、思いつくかぎりの「すべきこと」をし始めた。智さんが仕事に没頭しているあいだに、まずは部屋中の危険物を撤去。包丁、針、ナイフ、千枚通し、カッター（先端に血痕《けっこん》が残っていた）など、やばそうなものはすべてあたしの鞄《かばん》に押しこんだ。ガラスのコップも危ないと勝田くんは言うけど、そんなことを言ったら窓ガラスまで運びださなきゃいけなくなる。

窓ガラスを外すかわりに、この夜は勝田くんがコーポに泊まりこむことになった。要は、智さんをひとりにさせなきゃいいのだ。勝田くんはすぐさま家へ外泊の連絡を入れ、あたしは近所のコンビニでさしいれのお弁当と携帯カイロを買ってきたあと、危険物入りの鞄を手にひとりで帰宅した。

いったいこれからどうすればいいのか、と具体的な問題を話しあったのは、その翌朝だ。学校の下駄箱であたしを待っていた勝田くんは、憔悴《しょうすい》しきったひどい顔をしていた。

「なんか、眠れなくってさ。いつ智さんがむくっと起きあがるんじゃないかって、ハラハラしちゃって眠れなくってさ。やっとうとうとしたと思ったら、なんでか知んないけど急に気持ち悪くなって、便所でゲーゲー吐いちゃった。ヘビーな一夜だったよ」

はれたまぶたをこすりながら言う。

「で、智さんは？」

「ぐうぐう眠ってた」

「朝は？」

「宇宙船、描いてた」

一時間目の授業をパスして忍びこんだ無人の放送室で、あたしたちはぼそぼそと声をひそめあった。

「それで、様子はどうだったの？」

「様子って？」

「智さんの調子だよ。ふつうだった？」

「ふつうってなんだかわかんねえよ」

勝田くんが憮然《ぶぜん》と言った。たしかにそうだ。

「智さん、ひとりでいてもだいじょうぶそうだった？」

あたしが言いまわしを変えると、勝田くんは頭をぶらぶらさせて、

「それもわかんない。でもオレが一日中そばにいるわけにもいかないしさ。そばにいたって、ただ見張ってるだけみたいなのもいやな感じだよ」

それもそのとおりだった。自分の体まで傷つけてしまった今、智さんをひとりにさせるのは心配だ。かと言って、あたしたちがついていたってなにができるわけでもない。智さんの中でなにが起こっているのかもわからないのに、助けになれるわけがない。

「家族はなにしてんだ？」

ついに勝田くんが「家族」の一語を口にした。

あたしは「さあ」と首をふった。

「知らない。自分の話はしないもん、智さん」

「実家の場所とか知らない?」

「ぜんぜん」

「智さんにきいてみるか、今日」

「言わないと思うよ。あたし、前にきいたことあるけど笑って流されちゃったもん」

「じゃあどうすりゃいいんだよ。智さんのこと、だれに相談するんだよ」

「電話相談室」

「ふざけんなよ」

勝田くんはむっとしたけど、あたしはべつにふざけていたわけではなく、家族はあてにならないと思っていただけだ。智さんの家族がどこでなにをしているとしても、これまで、智さんがこんなになるまで放っておいたのはたしかなのだから。

「ねえ、タツミマートの人は?」

あたしはふと思いついて言った。

「あそこの同僚で智さんと仲よくて、たよりになりそうな大人っていないのかな」

「なるほど」と、勝田くんも考えこんだ。「その線があったか」

「遠くの身内より近くの他人だよ」

「よし、ちょっと調べてみるか」

少しでも気になれば即行動に移すのが勝田くんだ。たとえ寝不足でもフットワークの軽さだけは変わらない。

「じゃあ行ってきます」

あきれたことに勝田くんはその足で学校をぬけだし、タツミマートへとむかった。

そして三時間後の昼休み、大きな収穫とともにもどってきたのだった。

「おまえ、おぼえてる？　タツミマートの店長。おまえを捕まえたおっさん」

今度は二階の会議室に忍びこみ、並んでパイプ椅子に腰かけるなり、勝田くんは息せききってしゃべりだした。

「そりゃあ、おぼえてるけど……」

あたしがうなずくと、にまっと笑って、

「その店長、智さんの親戚《しんせき》だって」

「えっ」

これにはちょっと驚いた。

「だから智さん、あそこで働いてたんだよ。言っとくけどこれ、めちゃくちゃ信用できる情報筋だぜ。だってあの店長が自分で言ったんだもん」

と、この手の話になるとどうしても得意げになってしまうらしい勝田くんは言った。じつに得意げに。

「店長だったら従業員の履歴書とか握ってるはずじゃん。それであたってみたんだよ、戸川智さんってまだここに勤めてますか、って。そしたら、智はしばらく休んでるけどなんか用かって言うから、智さんの家族のことを教えてほしいってたのんだんだ」

ずいぶんストレートなききこみだ。案の定、へび店長は「家族？」と怪訝《けげん》そうな顔をした。それから、「智だったらおれの甥《おい》っ子だ。ききたいことがあるならおれにきけ」と言ったのだという。

意外な展開にとまどいながらも、勝田くんは「じつは……」と智さんとの関係をうちあけた。そして智さんのことで相談があるともちかけると、へび店長には心当たりがあったらしく、腕時計を一瞥《いちべつ》してから、

「七時すぎにもう一度来な」

と、言ったのだそうだ。

「店が終わってからゆっくりきこう。あんたも、今はとにかく学校へ行け」

そこで勝田くんはとにかくもどってきたのだった。

「あの店長が、ねえ」

あの執念深いおやじと智さんが親戚だなんて、どうもしっくりこない。菌類と哺乳類《ほにゅうるい》くらいかけはなれている気がする。でも思いかえせば、万引きで捕まったあたしを智さんが逃がしてくれたあの日、「こんなことしてクビにならない?」と気が気でなかったあたしに比べて、智さんは余裕の落ちつきぶりだった。店長の身内ならうなずける。

「でもまあ、とにかくよかったよ。親戚だったら智さんのこともいろいろ知ってるはずだし、親身にもなってくれるだろうしさ」

ひさしぶりに晴れやかな笑顔を見せる勝田くんの横で、あたしは複雑な心境だった。たしかに親戚が見つかったことはよかった。めでたい。それは認めるけど……。

問題は、あたしとあのへび店長との、脱獄犯と刑事にも似た因果な関係だった。


冬の夕日は早々と沈んで、国道にはすでにナイトブルーの闇が、汚れたアスファルトを覆うようにたれこめている。

暗がりを押しやって走る車のヘッドライト。

その光によって生まれてはまた消える、あたしたちの影。

午後七時すぎ。沿道のレストランやブックストアがまだこうこうと明かりを灯《とも》している中で、タツミマートはすでに店仕舞いを終えていた。表のシャッターは下ろされ、わきにある従業員用の出入り口からはつぎつぎと人が流れてくる。以前、あたしが智さんに導かれてくぐったあの出口だ。

あれからもう四か月ものときが流れたのに、思いかえすといまだに胸がうずく。体がほてったり冷たくなったりして、じっとしているのがつらくなる。あのときの恐怖も衝撃も、自分自身への絶望も、あたしはまだなにひとつ忘れてはいない。

なのに、またこうしてのこのことここへもどってくることになるなんて……。

「ほんとに行くのかよ」

歩道からタツミマートをうかがうあたしに、勝田くんが言った。

「おまえ、ここじゃ犯罪者なんだぞ。前科一犯。言うなればタツミの敵だ」

わかってる、とあたしはうなずいた。

「でもあたし、智さんの味方だもん」

そして智さんもずっと、こんな万引き少女の味方でいてくれた。だから、この大事なときにすべてを勝田くんひとりにまかせておくわけにはいかない。

「でも店長にしてみりゃ、逃がした泥棒が『じつは甥っ子さんの友達で……』とか言ってもどってくるようなもんだぜ。いや、ようなもんじゃなくて、そのものだ」

いくら念を押されても、あたしの気持ちは変わらなかった。

「いいよ、もう。親呼ばれても警察呼ばれても、もうどうでもいい気がする」

「開きなおったか」

「じゃなくって、なんか、智さんの傷のこと考えるとさ、もう、なにがあったってたいしたことないような……」

言いながらあたしはタツミマートへと足をふみだした。

「行こ。遅くなると智さん、心配だし」

従業員用の出入り口を通りぬけていくと、店舗の中にはまだぱらぱらと人が残っていた。ごみ袋を運んだり、調理場の床をデッキブラシでこすったりしている従業員の人たちだ。制服のあたしたちは注目を集めたけど、気にせずロッカー室のわきをすりぬけて事務室へむかった。

以前あたしが取り調べをうけたその事務室は、もともとせまいうえに、スペースの半分が在庫の商品やらセールの札やらでうまっている。雑然とした床の上にでん、でん、でんとデスクが三つ。へび店長はその中央で売上金の勘定をしていた。

「すみません」

勝田くんが室内に足をふみいれ、あたしもそのうしろから顔をのぞかせた。

あまり感動的な再会にはならないだろうと覚悟はしていたものの、へび店長の反応は味けなく、失礼でさえあった。

最初、へび店長は勝田くんに気づいて「ああ」とあごをゆすった。それからあたしへと視線をずらして「あ？」という顔をした。とっさにだれだかわからなかったらしい。だったら忘れてしまえばいいものの、じきに思いだして「ああっ！」と声を張りあげた。

そして、意識的にか無意識のうちにかは知らないけど、デスク上にあった小型金庫のふたを、さっと閉めたのだ。

「いや実際さ、多いんだよ、万引きなんてのは。月に数回は必ず捕まるね。だからいちいち顔なんざおぼえちゃいらんない。さっさと親呼んで、黙秘すんなら警察呼んでおしまいだ。でもあんたのことはよくおぼえてるよ、おたがいねばったからねえ。いや、あの夜はほんと疲れたよ」

へび店長は感慨ぶかげにため息を吐きだした。

近くのファミリーレストランでこれまでのいきさつを説明すること数十分、いったい智さんの話にどんな反応が返ってくるかと思ったら、第一声がこのぼやきだ。好きなものをたのめと言うのでハンバーグとカニクリームコロッケのディナーセットを食べていたあたしと、サーロインステーキのブラックペッパー風味スペシャルディナーコースを食べていた勝田くんは、そろってはたとフォークの動きを止めた。

「ほらそう、その目つきだよ。あんたさ、万引きなんかちっとも悪いと思っちゃいないんだろ。政治家はもっと悪いことしてるとか、企業やスポーツ選手がたんまり脱税してるご時世に万引きくらいなんだとか、そういう目つきなんだよな。どうせてめえも脱税してんだろって、こっちの足もとまで見すえてるようなさ」

「そんなこと」と、あたしは言った。「べつにあたし思ってません」

「うん、でもあんたの目つきはそうなんだ」

断言するなり、へび店長は二杯目のコーヒーを一気に飲みほした。大切なのは心ではなくて目つきだ、とでも言うように。

「目は雄弁だ。だからおれもついむきになった。なんで五時間もねばったのかって、あとで考えてみたんだよ。そしたら、やっぱりおれにもやましいところがあるからなんだな、これが。実際、脱税なんかまだまだかわいいもんなんだよ。賞味期限のシールはりかえたり、どこの馬の骨だかわかんねえ肉を松阪牛と称して高く売りつけたりしてた時期もある。そうしたインチキとあんたの万引きとどっちが悪いんだってきかれたら、正直、ちょっと返事につまるもんなあ」

いったいこのおじさんはなにが言いたいのか。あやしみながらもあたしは再びフォークを動かしはじめた。

「ま、早い話、おれの中じゃもう時効成立ってことだ。五時間もおれをねばらせたあげく、まんまと逃げだしたあんたが勝ったんだよ」

「つまりそれ」と、勝田くんがにんまり顔をあげた。「水に流すってこと?」

「ま、そんなとこか」

あほらしそうにうなずいてから、へび店長は「ただし」と言いそえた。

「ただしこれだけは言っておく。堕《お》ちた政治家や金持ちや、はやらないスーパーの経営者なんかと自分を比べないほうがいい。自分は自分で生きてかねえと、今の時代、すぐに自分を見失っちまう」

「だから……」

比べてないってば、と言いかけたそのとき、

「智もああして自分を失う前は、しっかり者のいい子だったんだがなあ」

急にへび店長の口から智さんの名前が飛びだして、あたしは言葉をのみこんだ。

智さん。そう、ききたいのはお説教ではなくて、その話だ。あたしと勝田くんはとたん

に表情を引きしめたけど、へび店長はなかなか続きを話しだそうとしない。

おかわりはいかがですか、とウエイトレスが三杯目のコーヒーをつぎにきた。べつのウエイトレスが空になった勝田くんのお皿をさげていった。あたしのお皿も空になるのを待ってから、へび店長はおもむろにたばこの火をつけた。そして、ようやくしゃべりはじめた。

「実際さ、智は自慢の甥《おい》っ子だったんだ。気だてが優しいだけじゃなく、昔から頭の出来もいい子でな。勉強、運動、なんでもよく出来た。中学のころから私立のいいとこに通って、いい高校に入って……、そこまでは順風満帆だったんだ。そのまいい大学に行くもんだって、だれもが信じて疑わなかったよ。だのに家の事情ですべてが狂っちまった」

「家の事情？」

「智の父親が破産したんだ。株の損失も合わせると、一気に数十億って借金を抱えこんじまった」

数十億。あたしはその額を頭に描こうとしたけれど、まったく想像もつかなかった。

「うちのおやじがいくつか不動産を遺《のこ》してな、今、智が住んでるコーポもそのひとつだが、おれはタツミマートとあのコーポを地道に引きついだ。しかし弟は……智の父親だが、あいつはなまじ頭がよかっただけに、土地を資本に事業や株を始めたんだ。景気がいいときはすごかったぞ、小石も転がせば金に化けるような勢いだった。だのにバブルがはじけたとたん大金持ちが一転して大借金持ちだ。よくある話だが、頭はよくても運の悪い男だったんだな。弟は当時高校三年だった智を残してアメリカへ逃げた。借金返済の目処が立ったらもどってくると言って、それっきりだ。今じゃ住所もわからない。母親は智がうまれてすぐに死んでいる。そうして智はひとりになったわけだ」

デザートの抹茶アイスが運ばれてきても、あたしと勝田くんはどちらもそれに手をつけようとはしなかった。

へび店長は淡々としゃべりつづけた。

「智は最初、うちに引きとるつもりだったんだよ。あいつの家は借金のかたにもってかれちまったし、どうせうちには子供もいないから、智ひとりなら大学ぐらい行かせてやれる。しかし智はあれでそうとうプライドの高いやつだからな。人の世話にはなりたくない、大学には行かずに働くと言いはった」

そこで話しあいをかさねた結果、智さんはあのコーポを安い家賃で借りうけ、代わりにへび店長の家へ定期的に顔を見せるという約束が交わされたのだという。

高校での優秀な成績のおかげで、智さんはさほど苦労せず就職先を見つけた。家電メーカーの事務職について、それなりに安定した毎日を送っていたらしい。が、もしかしたらそれはうわべだけの安定にすぎなかったのかもしれない。

「まったくわけがわからなかったよ。会社はどうだってきけば、うまくいってると答える。こまってることはないかってきけば、ないと答える。だのに突然あいつは会社を辞めて、気がつけば心まで病んでいた」

それまで表情を変えずに語りつづけてきたへび店長が、ここに来て初めて、瞳《ひとみ》をかげらせた。

「ま、あとからぽつぽつ言いだしたのをきいたら、どうも会社の人間関係になやんでたらしくてな。それで神経をすりへらしたのかもしれんが、それだけが原因じゃないだろう。精神障害ってのは原因の特定がむずかしいと医者も言っていた。恐らく母親の不在や父親の失踪《しっそう》も一因だろうし、一年ほど前にあいつの親友が海外に行っちまってな、そいつもかなりこたえてるのかもしれん。いずれにしても、心の問題は複雑すぎておれにはわからん」

精神障害。医者。心の問題。そうした言葉が耳に入るたび、これまでおぼろげだった悪夢が現実のものになっていく気がして、あたしは無性に怖かった。と同時に、その現実の中で智さんを見つめてきた大人がいたことに、ほんの少しだけ胸が軽くなるような安堵《あんど》の思いもあった。

「いつごろ気がついたんですか、智さんのこと」

勝田くんの問いかけに、へび店長は「うーん」と腕を組み、分厚い唇をつきだすようにして考えこんでから、

「さあ、いつだったかな。正確にはおぼえとらんが、たしか一年前あたりか……。最初におかしいと言いだしたのはうちのかみさんなんだ。家も近いもんで、ときどき智んとこに夕食もってったりしてたんだが、部屋にUFOやら超能力やらの本がごろごろしてるだの、妙なことを口走るだのと心配しだしてな。しかしそのときはおれもまさかって、おかしいのはおまえのほうだって、さほど気にしちゃいなかったわけさ。ところが今年の春先に、あの妙なノートをかみさんが見つけちまった。で、おれもついにだまってらんなくなって、智にきいたんだ。あの絵はなんだ、って。そしたら、じつは重大な任務がどうのって、例のやつが始まってな……」

わかるだろ、というような目をむけられて、あたしと勝田くんはそろってうなずいた。

「まったく、最初は芝居でもおっぱじめたのかと思ったよ」

智さんがへび店長にした宇宙船の話は、あたしたちがきいたものとまったく同じだった。ふだんはふつうなのに、その話になるとなにかに憑《つ》かれたようになるのも一緒だ。当然、へび店長と奥さんはあわてふためいた。当時は智さんも無職で、外に出るのをしりごみす

るように家の中へこもっていたから、それが悪いんじゃないかとむりやりタツミマートに入れて様子を見たけれど、やはりノートの宇宙船は確実に数を増やしていく。スーパーでの仕事はきちんとしているだけに、へび店長も奥さんもよけい当惑したものの、最後にはやはり専門医に相談するしかないという結論に達したのだそうだ。

ところが、智さんは断固として病院に行くことを拒んだ。どう話しても承知せず、ふだんはふつうなだけにへび店長もあまり強くは出られなかった。しかたなく、へび店長と奥さんのふたりで相談にいったものの、やはり本人がいなければ医者も診断のくだしようがない。ただし、カウンセリングを拒むのは自分がどこかおかしいという自覚があるせいかもしれないし、あるいは強いプライドのせいかもしれない。病んでいる自覚があるならなおりも早い可能性があるけれど、プライドは治癒の障害になることもある、とのことだったらしい。

「障害って、どんな？」

それまでだまっていた勝田くんが、たまりかねたように口を開いた。

「つまり、心を開いて医者の助けを借りることへの抵抗ってやつだ。プライドはそれを邪魔する」

「智さんは助けてほしくないの？」

「あいつは、助けられるより助けたいらしいな」

助けられるより助けたい。

「宇宙船のこと?」

あたしがきくと、へび店長は渋い顔でうなずいて、

「おごった話だよ。自分ひとりも救えない男が、全人類を救いたいという」

「智さんはきこえるんだよ、SOSが」

あたしは思わずむきになった。

「前に智さん言ったもん。あたしを逃がしてくれたとき、なんで助けてくれたのってきいたら、SOSがきこえたって。智さんにはいろんな人のSOSがきこえるんだよ」

「そうかもしれんな」と、へび店長は案外すんなりうなずいた。「智は昔から勘のいい子だった。人にはきこえない声があいつにきこえてもおかしいとは思わんよ。ただし問題は、それだけ敏感な智にも自分のSOSだけはきこえないらしいってことだ」

「自分のSOS?」

「よく耳をすませば、今、だれより切実にSOSを発してるのは智自身だろう。喉《のど》もとの傷も危険信号のひとつだ。のんきに人類の心配などしてる場合じゃない」

辛辣《しんらつ》な話しぶりだけど、そう言うへび店長は痛々しくもあった。

「ま、のんきといえばおれものんきで、じつはその傷のことも今日初めて知った。この秋にうちのかみさんが腎臓《じんぞう》やられて入院しちまってな、おれも仕事仕事でなかなか時間がとれんもんで、智の顔も五日ほど見てなかったんだ」

「でも、智さんがどんどん悪くなってるのは知ってたでしょ」

勝田くんの声に、へび店長は「そりゃあな」とうなずいて、

「このごろは仕事にも来ないし、うちに呼んでも話すのは宇宙船のことばかりだしな」

「なんでいきなり悪くなったんだろう」

「かみさんの入院が一因だろう。それまでよく智の面倒をみてたし、智も慕ってたからな。あとはわからん」

「オレのせいかもしれない」

思いつめた声にふりむくと、勝田くんの顔が青ざめていた。

「オレが智さんをあおったんだよ。宇宙船のことといろいろきいたり、一緒にその気になって話しこんだりしてさ。だから智さん、ますます宇宙船にのめりこんじゃったんだ。オレのせいなんだよ」

「勝田くん……」

突然の懺悔《ざんげ》にあたしは言葉をなくした。勝田くんがそんなふうに責任を感じてたなんて

思いもしなかった。だからあれこれ手をつくして智さんの気を引こうとしたのか。そう思うと、あのおちゃらけた古文書もなんだか笑えなくなる。

「そうかもしれんな。あんたのせいかもしれん」

へび店長はあっさりと言った。

「しかし、そうじゃないかもしれん」

「どっちだよ」

「だから、わからん。さっきも言ったが、心の病は複雑なもんだ。原因はいろいろだし、癒《いや》しかたもいろいろだ。いくら追究してもまったく原因がわからんケースもあると医者が言っていた」

「そんなに……」と、あたしは言った。「そんなにあいまいに、人はおかしくなっちゃうの？」

「平気でものを盗むってのも心の病気だ。あんたもあいまいにおかしいんだよ」

哀れむように言われて、なるほど、と自分でも納得した。となりでうなだれている勝田くんもふくめて、この世にはあいまいにおかしい人などいくらでもいるのかもしれない。

「とにかく、智のことは素人の浅知恵でなんとかなるような問題じゃない。自分の体まで傷つけたとなるとなおのことだ。やはり医者の力を借りるしかないんだが……」

言いながらへび店長は伝票に目を走らせ、微妙に顔をこわばらせた。

「しかし、智だってもう子供じゃない。強引につれてってプライドを損ねでもしたら逆効果かもしれんし、どのみちあいつが口を開かんかぎりカウンセリングは成立せん。結局、一番大事なのは本人の気持ちだと医者は言うんだ」

「気持ち？」

「そう。よくなりたい、なおりたいっていう気持ちだよ。だが、今の智にはそれがない」

よくなりたい、なおりたいという気持ち。たしかに、今の智さんにはそれを感じない。それどころかどんどん悪い方向へと自分を追いつめているように見える。

それはなぜなのかと考えていたあたしに、へび店長が財布の中身を確認しながら言った。

「人間、よくなるよりも悪くなるほうがらくだもんなあ」


レストランを出るなり、ほおにひやりと湿った冷気を感じた。午後八時半。遠く見えるオフィスビルの窓明かりもまばらになって、冬の空はますます色濃く暮れていく。

智さんは今もあの寒々しい部屋でノートにむかっているのだろうか。電気もつけず設計図の完成を急いでいるのだろうか。

考えるだけでそわそわと落ちつかなくなるくらい、あたしは智さんのことを気にかけて

いたつもりだったのに、

「今日からはおれが智んとこに泊まる。あとのことはまかせて、あんたらはもう帰んなさい」

別れぎわ、へび店長の言葉に抵抗なくうなずいていた自分が、自分でもショックだった。きっとあたしは自分で思っていたよりもずっと、智さんのことで疲れていた。勝田くんもなにも言わなかったところをみると同じなのだろう。

「智のことじゃいろいろ面倒かけてすまなかったな。ほんとに感謝してるよ。よかったら、これからもときどき相手になってやってくれ。あいつは昔から友達が少なくて、それも心配の種だったんだが、あんたらみたいな友人がいたと知って正直うれしいよ」

へび店長の意外な笑顔に、あたしはくいっとあごをつきあげて、

「泥棒でも？」

と、きいてみた。

「ああ、泥棒でもだ」

へび店長はヤニだらけの歯を見せて笑った。

「なんかのときのために、一応、あんたらの連絡先を教えてくれないか」

あたしはここにきてようやく、へび店長に名前と電話番号をうちあけた。

へび店長と別れてからの帰り道でも、レストランできいた智さんの話は、ずっとあたしの頭からはなれなかった。

とんだ災難つづきだった智さんの過去。たぶんあたしがきいたのはそのほんの一部にすぎないだろう。

「へびのやつ、智さんを説得できるのかな。病院のこと」

バスにゆられながらあたしがつぶやくと、

「さくら。明日、考えよ」

勝田くんはいつになく神妙な声を返した。

「明日？」

「うん。だって明日からはきっと毎日それ考えることになるんだぜ。だから今日は休んどこ、明日やあさってやしあさってのためにさ」

たしかにそれも一理ある。たまには頭を空っぽにしなければ、こっちのほうが先にへたばってしまう。

あたしは勝田くんを見あげて「ん」とほほえんだ。

「わかった。あした考えよ」

今夜はなにも考えず早く寝ることを約束しあって、あたしは勝田くんと別れ、自宅にもどった。

しかし結局、あたしたちはどちらもその約束を守れなかった。

その夜、あたしが家の玄関をくぐるなり、居間から母親が顔を出して、言ったのだ。

「梨利ちゃん、売春の斡旋《あっせん》容疑で取り調べうけたんだって?」

＊

梨利をふくむ静香たち六人が警察の事情聴取を受けたのは、正確に言うと今日ではなくて、きのうのことだった。くわしいことはわからないけど、とにかく梨利たちは「売春の斡旋をした疑い」で、それぞれ警察の訪問を受けたらしい。

学校側は生徒たちの騒ぎや動揺を恐れて、その件を内密に処理しようとしたけど、悪い話というものは必ずどこかで漏れ伝わるものだ。ＰＴＡあたりが発信源となって情報が広まった結果、今日にはすでに学校中がその話題でもちきりだったという。つまり、あたしと勝田くんが智さんのことであたふたしているあいだ、学校のみんなは梨利たち六人の話でもりあがっていたというわけだ。

ぜんぜん気がつかなかった。

「それで梨利ちゃんたち、きのうから自主的に自宅謹慎中ですって？　こう悪い評判が立ったら表もおちおち歩けないわよね。あなた最近、あの子たちと一緒に遊んでなくてよかったじゃない」

母親の声に応《こた》えるかわりに、あたしは壁のフックにかかっていた自転車の鍵《かぎ》をつかんで、くるんとまわれ右をした。さっきくぐったばかりの玄関をまたくぐり、凍《い》てつく夜の中に全力で飛びだした。

よけいなことは考えず、ひさしぶりに無心で梨利をめざしていた。

売春の斡旋。静香たちならやるかもしれない。でも、きっと裏であの男たちが糸を引いていたに決まってる。

ダッフルコートの前がはだけて風にふるえた。肩までの髪が乱れて視野をふさいだ。ふだんなら二十分はかかる梨利の家まで、あたしは五分でつきそうな勢いでペダルをこぎつづけた。

道の正面から似たような勢いで暴走してくる自転車を見たのは、梨利の家まであともう少しという十字路だった。

「さくら！」

自転車のライトが照らしだしたのは、さっき別れたばかりの勝田くんの姿。やはり家で梨利のことを知ったのだろう。

「急ごうぜ」

あたしたちはそろってカーブを曲がり、ゆるやかな坂道の途中にある梨利の家に到着した。

「あ、勝田くん……」

インターホンを鳴らすと、青白い顔をしたおばさんが現れて、あたしたちを家の中に招きいれてくれた。

「梨利、だいじょうぶですか？」

ゼイゼイ言いながら勝田くんがきくと、おばさんは弱りきった様子で天井を見あげ、

「それが、きのう主人と一悶着《ひともんちゃく》あって荒れていて……。さっきも担任の先生が見えたんだけど、会いたくないって部屋に鍵かけてこもってしまったの。そのまま出てこなくてこまってるのよ」

「もうだいじょうぶです」

と、勝田くんが白い歯を光らせた。

「ぼくたちがなんとかしてみせます」

自信たっぷりに言いはなち、颯爽《さっそう》と階段をのぼっていく。ほんとになんとかなるんだろうかとあやぶみつつ、あたしもそのあとを追っていった。

結果は、やっぱり、なんともならなかった。

「梨利、開けろ！」

「おれたちはおまえを信じてる。だから開けろ！」

「話したくないならそれでもいいよ。でも、せめて顔くらい見せろ！」

勝田くんがどんなに声をはりあげても、ロックされた扉のむこうからは物音ひとつきこえない。

「おい、さくらもなんとか言えよ」

勝田くんにうながされて、あたしは口を開けかけた。けれど、言葉が出てこない。あたしはただ夢中でここまで来ただけで、梨利に会ってからのことまで考えちゃいなかったのだ。もちろん、会ってくれなかった場合のことも。

「梨利、たのむ、開けてくれ！」

わめきつづける勝田くんの横で、あたしはただ全身をかたくこわばらせていただけだった。見えない梨利。開かない扉。開かないあたしの口――。

その後のおばさんの話によると、「売春の斡旋」という噂にはだいぶ誇張があったようだ。

「どうもね、知りあいの男の人たちにたのまれたらしいの、お金をほしがっている女の子がいたら紹介してくれ、って。いいアルバイトがあるからっていうようなことを言われたらしいのね。それで、街で知りあった女の子たちを紹介していたら、それが売春の斡旋ってことになったらしいんだけど……」

お茶でも飲んであたたまっていって、とあたしたちをリビングのソファーに案内してくれたおばさんは、香りよく紅茶を淹れながら、そのあたりの事情を説明してくれた。落ちついた、冷静な語り口だけど、充血した目の下には青黒いくまがある。

「じゃあ、梨利たちは知らなかったんだ、売春のことなんて」

勝田くんがほっとしたようにつぶやくと、

「ええ、少なくとも知らされてはいなかったようよ。ほんとはうすうす察していたのかもしれないけど」

「でも、きいてなかったんなら責任はないんでしょ」

「刑事的責任は、ね。だからって非がないとは言えないし、本人たちももう少し自分のしたことを自覚するべきなんだけど」

おばさんの上品なため息をききながら、梨利たちはたぶん女の子の紹介料としていくらか報酬を受けていたんだろうな、とあたしは内心考えていた。そしておばさんの言うように、きっと売春のことも勘づいていた。でもだからって、「売る女」と「買う男」たちの渦まく街の中で、ただ「紹介するだけの自分たち」に罪の意識を抱くのはむずかしいだろう。お金のほしい女の子たちには金づるを、欲求不満の男たちには若い体を、梨利たちはただそれぞれの望むところへ導いていただけなのだから。

気になるのは、その仕事が本当に梨利たちの望むところだったのかどうか、ってことだ。

「あの」と、鼻先に紅茶の湯気を受けながら、あたしはおばさんに問いかけた。

「その知りあいの男の人たちって、どうなったんですか?」

「彼らも今、警察の事情聴取を受けてるわ」

「逮捕されたの?」

「ええ。前科もある人たちで、麻薬取締法にも問われてるらしいから、とうぶん出てこられそうにないって話ね」

「……よかった」

「え?」

「これで静香たち、あいつらと手が切れる」

あたしは心底ほっと息をついた。これくらいで静香たちが改心するとは思わないけど、同じ悪事をかさねるにしても、人からそそのかされてする悪事はいやな疲れかたをするものだから。

「ああ……そうね、そういう考えかたもできるわね」

おばさんが言って、初めてにっこりと笑顔を見せた。

「でもね、さくらちゃん、すべてを彼らのせいにするわけにはいかないのよ。ああいう人たちにかかわっていたってことは、それだけ梨利たちの心が弱かったってことなの。実際、梨利はこのごろおかしくて……」

言いながらおばさんがあたしから目をそらす。

「わたしもいそがしくてなかなか相手ができなかったのもいけないんだけど、いらいらしたりふさぎこんだりって、梨利、このところずっと不安定だったわ」

「いつごろから？」

勝田くんがたずねると、おばさんはちらりとあたしを見てから、「さあ」と頭をゆらした。

「一年生のころはよかったのよ。毎日楽しそうで、さくらちゃんや勝田くんの話もよくしてたわ。それに、たとえなやみがあったとしても簡単に表には出さない子なのよね。ただ……」

おばさんの声がとぎれた。

「ただ？」

勝田くんが身をのりだすと、記憶をたぐるように目を細めて、

「ただ一度だけ、梨利が突然、泣きながらへんなことを言いだしたことがあるの」

「へんなこと？」

「たしか去年の終わりだったと思うけど、夜中にわたしが居間で仕事をしていたら、いきなり梨利が部屋から降りてきて、言ったのよ。ママ、あたしはさくらとおなじ高校に入れないかもしれない、って」

「高校？」

思いもよらない言葉にあたしは当惑した。高校の話なんて梨利は一度もしたことがなかった。

「そうなの。さくらは頭がいいけど、あたしはばかだから同じところへは行けない、って。ぜんぜん自信がないって言いながらぽろぽろ泣きだしたの。これから勉強すればだいじょうぶよってはげましたら、そうじゃない、そういうことじゃないんだってまた泣くの。ちゃんとしてなきゃ退学になる高校に三年間も通えるか、そもそも自分には自信がないって泣くの。あたしはちゃんとした高校生になれるのかな、ちゃんとした大人になれるのかな、ちゃんと生きていけるのかな……って」

当時のことを思いだしたのか、おばさんはかすかに瞳《ひとみ》をうるませた。そしてその瞳をゆっくりとあたしにむけて、言った。

「未来なんか来なきゃいいのにって、梨利は泣くのよ」

あたしはちゃんとした高校生になれるのかな。

ちゃんとした大人になれるのかな。

ちゃんと生きていけるのかな。

未来なんか、来なきゃいいのに——。


「しつこいようだけど、今夜はなにも考えずに寝ろよ」と念を押す勝田くんと別れて自転車を走らせた帰り道。梨利の言葉が何度も頭の中にエコーして、そのたびにあたしは自転車のスピードをあげた。方角もかえりみずにつきすすんだから、おかげでずいぶん遠いところまで来てしまった。

昔ながらの古い家なみが続くとなり町。オフィスビルやマンションにうもれたあたしたちの街に比べると、ネオンや窓明かりが少ないぶんだけ、夜がちゃんと夜らしく暗い。車の少ない私道にペンキのはがれた歩道橋を見つけて、あたしは自転車を降りた。

つたつたと階段をのぼって歩道橋の上に立つ。欄干にもたれて下をのぞくと、黒々とした道はまるで干上がった川のようで、その両岸にゆれる裸木たちを街灯が静かに照らしていた。頭をそらして見あげれば、月のない夜空にはうすらとぼけた星明かり。中一のころはよくこうして梨利と歩道橋にのぼった。梨利は車や人の往来が激しい大通りの上が好きだった。排気ガスで地平線がぼやけるような、大型トラックが走りぬけるたびに突風でスカートがひるがえるような、そんな騒がしい街の夕暮れが好きだった。そのくせ、ときおりふいに瞳をかげらせてつぶやくのだ。ねえさくら、一九九九年が過ぎてもこの下をこんなにたくさんの人や車が通っているのかな。だいたいこの歩道橋は残っているのかな。あたしたちはちゃんといるのかなあ……。

梨利はいつも不安だったのかもしれない。怖くて怖くてたまらなかったのかもしれない。ただし、梨利が本当に恐れていたのはノストラダムスの予言ではなくて――。

「ねえ、梨利はさ」

と、あたしは階段の上部にひそむ人影に呼びかけた。

「ノストラダムスなんかじゃなくって、梨利は梨利が怖かったのかもしれないね。自分のもろさとか、あやうさとか、そういうのがずっと怖かったのかもしれない」

「……かもしれねえな」

と声がして、こつこつ足音が近づいてきた。

「あいつ、たしかにそうとう危なっかしいやつだしな。さくらもけっこう、危ないけど」

きまり悪そうに歩みよってきた勝田くんは、あたしと肩を並べて眼下を見おろした。

「あたし？」

「今日はもうさっさと寝るとか言いながら、家と逆のほうにすごい勢いで突っ走ってくもんだからさ、思わずあとをつけたわけ。やっぱおまえと梨利ってどっか似てるよ」

そうかな、とあたしは考えた。だけどあたしは梨利ほど危ない子ではない。

「あたしのほうがずるいぶん、安全なんだ」

あたしが言うと、

「梨利だってずるいよ」

と、勝田くんは白い息を吐きながら言った。

「とくに今日なんてずるいよな。あんなふうにひとりで部屋に閉じこもって、オレからもさくらからも逃げて、ひとりでいじけちゃってさ」

「それってずるい？」

「ずるいよ、なんか自分だけ不幸みたいで。梨利は人より大変な性分に生まれついたと思ってんのかもしんないけどさ、自分の弱さを怖がってんのかもしんないけど、でもほんとはみんな一緒じゃん。だれだって自分の中になんか怖いもんがあって、それでもなんとかやってるんじゃないのかよ」

自分の中の怖いもの。

勝田くんがめずらしくまじめなことを言うから、あたしまでまじめに考えこんでしまった。

あたしはなにが怖いんだろう?

弱いところや危ないところはあたしの中にもたくさんある。梨利はあたしを頭がいいと言うけど、成績はいつもクラスの中の下だ。梨利の基準に甘んじてはいられないものの、それでも今のところは成績なんてぜんぜん恐れちゃいない。

怖いのはもっとほかのこと。もっときりきりと胸に迫ること。梨利があたしや勝田くんから逃げるように、あたしも梨利から逃げている。そのわけを、ほんとは自分でも気がついてるんだ——。

「あのさ」

だまりこんでいたあたしの耳もとで、勝田くんがつぶやいた。

「絶対、だれにも言うなよ」

「なに?」

「絶対、笑うなよ」

「だから、なによ」

「オレは、ひとりになるのが怖いんだよ」

「ひとり？」

あたしがふりむくと、勝田くんはかくっと四十五度にそっぽをむいてしまった。耳たぶがほんのり赤いのは、寒さのせいだけじゃなさそうな気がする。

「ガキのころからオレ、異常にひとりがきらいだったんだ」

「ふうん」

「ひとりでいると、さびしいだろ。それもただのさびしさじゃねえんだよ、オレの場合」

「……」

「ときどき発作みたいにどっとさびしくなる。ぞっとするほど、さけびたくなるほど、気が狂いそうなほどさびしくなる。で、じっとしてたらマジでキレそうな自分が怖くなるんだ」

「まさか」と、あたしは口をはさんだ。「それで人のあとを追っかけまわしてた、とか」

「それはまたべつの趣味の問題だよ」

勝田くんは笑って否定した。

その発言はそれでまた少し怖かった。

「でもさ、オレがそうしてキレそうになったとき、頭にこう、ふっと思い描くとなんとなくほっとする光景ってのがあるんだよ」

勝田くんが言って、ようやくこっちをふりむいた。

「それがさくらと梨利なんだ」

「あたしと、梨利？」

「そ。おまえらがくだらねえ話してきゃあきゃあはしゃいだり、ばかな冗談でげらげら笑いあったり、そういう姿を思い出してると、それだけでけっこう心がなごむっていうかさ。やばいムードからぬけだして、またずっといつもの自分にもどれそうな気がするんだよな」

つまり、と勝田くんは言った。

「つまり、おまえと梨利はオレの心の平和なんだ」

ひゅらりと、北風が足もとからあたしのスカートをもちあげていった。沿道の並木がざわめくたび、歩道橋の上にはそれより強い風が吹く。あたしはかじかんだ指先をこすりあわせながら、めったに通らない車が一台、二台とあたしたちの下を通りぬけていくのを見送った。

三台目のあとで、ようやくぽつんとつぶやいた。

「心の平和を、取りもどしたい？」

勝田くんはこくんとうなずいた。

「いつかは取りもどせると思ってる。だっておまえら、ほんとにいいコンビだったもん。でも、あせるのはやめることにした」

「なんで」

「だって今はさくら、疲れてるから」

「……」

なにげないその言葉に、不覚にもじんときた。

「このごろ智さんのことでいろいろあったし、これからもいろいろあるだろうし、さくらはしばらく智さんのことに集中してていいよ。どうせおまえ、梨利のとこ行ったって石みたいになんも言わねえんだし。なにびびってんだか知んないけど、ま、梨利のことはしばらくオレにまかせろ」

「またつきまとうの？」

「人ぎき悪いな」と、勝田くんは心外そうに言った。「見守るだけだよ。オレ、なんかの陰から梨利のこと、ちょっとひやひやしながら見守ってんのが好きなんだ」

「はあ」

へんな趣味だけど、まあ、それもありかな、と初めて思った。梨利みたいなあやうい子には、勝田くんみたいな存在も悪くないのかもしれない。もちろん、見守るといっても限度があるし、あたしならいやだけど。

「梨利も、きっと今は疲れてるんだと思う」

あたしはひさしぶりにおだやかな心地で梨利のことを思った。

「あたしがぬけたあとも悪事をかさねて、警察や親や教師たちからいろいろきかれて、きっとうんと疲れてるんだ。もしかしたら植物になりたい気分なのかもしれない」

「植物?」

「うん。でもいつまでもそうじゃないはずだし、いつかあのドアを勝田くんに開くよ」

どんなに落ちこんだって、人はいつまでも植物のようではいられない。流れる時間やまわりの人たちがそれを許さない。

「気長に待つよ」

と笑う勝田くんに、

「智さんにもさ」

と、あたしはふと思いたって言った。

「気長に見守ってくれる勝田くんみたいな人がいればよかったのにね」

「ちがうよ」

勝田くんはきっぱり言いかえした。

「智さんにも、さくらと梨利みたいな心の平和があればよかったんだ」

心の平和。そうかもしれない、とあたしは思った。友達でも彼女でもいい、そんな相手がいれば智さんだってだいぶらくになるはずなのに……。

「やっぱりあたしたちじゃだめなのかな」

「ん。年もだいぶちがうしなあ」

「へびでもだめ?」

「もっと年ちがうし」

「でも、ほかに友達なんて智さんには……」

いないじゃない、と言いかけた、そのとき。

あたしの脳裏にちらりと明るく光るものがあった。

殺風景で暗い智さんの部屋を、ときおり照らしていたあの光だ。

「……いた」

あたしは大きく息を吸いこんで、言った。

「ウィーンに、いた」

＊

KOICHI・TSUYUKI様。

前略。日本では寒い冬が続いていますが、オーストリアはいかがでしょうか。

ぶしつけな手紙をお許し下さい。

ぼくたちはツユキさんの友達の戸川智さんの友達です。まだ中学生ですが、ひょんなことから友達になりました。たぶんぼくたちはほかに行くところがなかったから、毎日のように智さんのうちに行っていたんです。ぼくのしつこさをいやがらなかったのは智さんがはじめてでした。だからぼくは生まれてはじめて歓迎された気がしました。それはとてもいい感じでした。もうひとりのさくらは盗人《ぬすっと》ですが、それでも智さんは歓迎してくれました。智さんはそういう大事な人です。

その智さんがピンチです。助けて下さい。

今の智さんを説明するのはむずかしいけど、ひとことで言うと、たぶん心の病気です。だんだんひどくなっています。このまえはついに自分を傷つけてしまいました。とても心配です。

遠い外国にいるツユキさんにこんなことを言ってもこまるでしょうが、ぼくたちもこまってます。他にたよる人もいません。智さんのおじさんもちょっとはたよりになるし、悪い人ではなさそうだけど、お金にがめつそうだし、もう中年です。

そのおじさんの話だと、とにかく智さんは病院でカウンセリングをうけたほうがいいのだそうです。心の病気をなおすためには、智さんがなおそうとしなきゃいけないそうです。でも智さんは病院にいこうとしないし、なおそうともしません。智さんが良くなりたいと思うにはどうすればいいのかぼくたちにはわかりません。そういう気もちはどこから生まれるのかわかりません。

ただ、ツユキさんからの葉書がきた日は、智さんの調子がすごくいいんです。だからきっとツユキさんというのはすごい親友なのだとぼくたちは思ってました。それで、悪いと思いつつ、智さんの家にあった絵葉書からツユキさんの名前と住所を写してきて、こうして手紙を書くことにしたわけです。

正直言って、最初は少し迷いました。ツユキさんにとってはショックな知らせかもしれないし、会ったこともないツユキさんをまきこんでもいいのか、さくらとふたりで考えこみました。でも、いくら考えても、やっぱりこれ以外の方法は思いつきません。白状すると、これまでも智さんを元気づけようといろいろやってきて、すべて、ことごとく、失敗に終わったのです。

これが最後の手段です。

ぼくも、さくらも、おじさんも、もちろん智さんも、なんでか知らないけど今、みんながものすごく疲れていて、あとがない感じです。そういうやばい感じが漂っています。

お願いです。ここに、海外からのフレッシュな風を吹きこんで下さい。どうか智さんにはげましの手紙を書いてあげて下さい。智さんが良くなりたいと思うようにツユキさんの力を貸して下さい。

一生に一度のお願いです。

智さんとぼくたちを助けて下さい。

勝田尚純

P・S・ツユキさんのチェロをいつかききたいです。(盗人さくら)

梨利の家に行った翌日、あたしと勝田くんはコーポの帰りによったファストフードの店で、何時間もかけてこの手紙を書きあげた。

生まれてはじめてのエアメール。それを投函《とうかん》してからの二週間は、これまでで一番ハードな日々だったかもしれない。

ツユキさんからの返事を待ちながら、あたしと勝田くんはそれまでどおり、来る日も来る日も智さんの部屋に通いつめた。タツミマートの閉店後、売れ残ったお惣菜《そうざい》を片手にやってくるへび店長とバトンタッチで帰宅する毎日だ。夕方以降はつねにだれかがそばにいるせいか、智さんはだいぶ落ちついてきたようで、ノートの絵も次第に秩序を取りもどしつつあるけれど、かわりにへび店長のほうが日に日にやせおとろえていく感じがする。

無理もない。へび店長は自宅→タツミマート→コーポ→奥さんの病院、を行ったり来たりのヘビーな四角生活を送っていたのだ。毎晩、智さんの部屋に泊まりこみ、夜明けとともに自宅へもどって着替えをして、それからタツミマートに出勤する。なんとか時間を作って奥さんのお見舞いにも行く。これだけでもそうとう大変なのに、へび店長は病院の件で智さんをときふせる、という大きな責任も抱えていた。夜な夜な、言葉をつくして説得にあたっていたようだけど、智さんはきく耳さえ持とうとしないらしい。

「みんなでよってたかって言うと、智を孤立させて追いつめてしまう恐れがある」

とへび店長が言うから、あたしと勝田くんは病院の件に口を出さないようにしていたけど、内心ではいつもじりじりとふたりを見つめていた。

カウンセリングを受ければ徐々にでも智さんがよくなっていくのなら、お願いだから早くそうしてほしい。今は安定していても、智さんはいつまた急に悪くなるかわからないし、へび店長だっていつまで心と体がもつのかわからない。今の智さんと一緒にいるのはとても疲れることだ。それはあたしたちも身に染みている。

実際、あたしと勝田くんの心と体も疲れのピークに達していた。あたしたちはただそばにいるだけで、べつになにができるわけでもないのだけど、ノートにむかう智さんを横目に、今日の調子はどうだろうとか、少しは話ができるだろうかとか、宇宙船の絵は乱れてないかとか喉《のど》もとに新しい傷はないかとか、考えれば考えるだけ確実に疲労はつのっていく。

とくに勝田くんは、自宅→学校→コーポ→梨利の家、の四角生活でくたくたになっていた。というのも、あの事件以来、梨利は自宅にこもりきりになっていたのだ。俗にいう不登校というやつだった。静香たちがぽつぽつ教室に姿を現しはじめても、梨利の机だけは空席のまま。せっせと家まで会いにいく勝田くんに対しても、いまだに部屋のドアを開こうとしないらしい。

「飯もあんまり食わなくて、いつもぼーっとしてるって。ときどき思いだしたように泣くんだってさ。なに思いだしてんだか」

勝田くんの声までうつろになっていく。

コーポからの帰り道、あたしは何度か勝田くんと一緒に梨利の家まで行ったけど、どうしても玄関への門をくぐれなかった。ふみだそうとする足をなにかが引きとめる。さしだそうとする手の指先がふるえる。

日々はそうして無為に過ぎていった。

ツユキさんからの返事はなかなか来なかった。

街ではまた新たな放火事件が起こった。

梨利の言うとおり、未来なんて来なければいいのかもしれないと、あたしはなんども思いかけた。

十二月に入ると同時に、恐れていたことが起こった。

早くもへび店長が力つきてしまったのだ。

「あさっての土曜日、智を母親の墓参りにつれていく」

その夜のへび店長は、コーポに現れたときからすでに顔つきがちがっていた。土色のひどい顔色はあいかわらずだけど、いつにもまして重苦しい、張りつめた表情をしている。

そのわけはすぐにわかった。

「それでそのあと……」と、へび店長は隣室でデッサン中の智さんにちらりと目をやって、言ったのだ。「智には当日まで言わずにおくが、墓参りのあと、そのまま病院につれていくつもりだ」

あたしはぎょっとした。

「だますの？」

「しかたない。車で門前までつれてけば、あとは先生がたが協力してくださるそうだ」

「むりやりつれこむってこと？」

「ほかに手がない」

「だって大事なのは智さんの気持ちだって言ったじゃない。本人がよくなりたいと思わなきゃなおらない、って！」

自分までがだまされた気分で抗議したあたしに、

「すまん！」

と、へび店長がその白髪頭をばっとさげた。

「もう半年以上だ。あんたらが智と出会う以前から、おれはずっと智を説得しつづけてきた。とにかく病院に行こう、行けば必ずなにかがよくなるし、おまえもらくになるんだ、と。この二週間も必死で話をした。しかしもう自信がない。こうしているうちに手遅れになったらと思うと夜も眠れない。かみさんともよく話しあって決めたことだ。悪いが思うようにさせてくれ」

へび店長の声はかすれていた。だれよりも今、この人が一番くやしいのかもしれない。

そう思うと、あたしにはもうなにも言えなかった。勝田くんもだまって鼻をすっていた。

あさっての土曜日。ずいぶん急な話だけど、来るか来ないかわからないツユキさんの返事を待ってくれとも言えない。

「一度だけ」と、あたしはへび店長にお願いした。「明日一度だけ、あたしから智さんに病院のこと、話してもいいかな。説得はできないと思うけど、話すだけ。お願い」

へび店長はゆっくり顔をあげ、「たのむよ」とうなずいた。それから急にもそもそと、くたびれたジャケットのポケットを探りだし、やがて中から髪をとめるバレッタを取りだした。

銀色に光る楕円形《だえんけい》のバレッタ。

「あんたらには本当に世話になった。感謝の気持ちは形にならんが……」

と、バレッタをあたしにさしのべる。

「あたしに？」

「たいしたもんじゃない」

「でも、どうして」

困惑するあたしに、へび店長は苦々しい笑顔をむけて言った。

「このまえ、店の記録を読みかえしてたら、あんたの万引きの記録も出てきたんだ。フィルム二十本と銀の髪どめ。妙になつかしかったよ。フィルムをそんなにどうする気だったのかは知らんが、髪どめは、ほしかったんだろうと思ってな」

「……」

あたしはそろそろとバレッタに手を伸ばした。受けとると、それは見た目よりもずしっと重く、ポケットの熱でぬくもっていた。

「ほしくなかったのに」

胸がつまって、涙声になった。バレッタのことなんてぜんぜん記憶に残ってない。だってこんなものほしくなかったから。なんでも盗んでいたあのころ、あたしはなんにもほしくなかったんだ。

「そうか、ほしくなかったか」

へび店長は赤い目をたらして笑った。

「でも、してごらん、きっと似あうから」

少し照れながらも、あたしはうなずいた。肩までの髪をふわりともちあげて、首のうしろでまとめ、バレッタでぱちんととめる。耳のうしろがスースーしてこそばゆい気がした。

「うん、やっぱり似あう」

へび店長が満足げに言った。

「いい感じ、いい感じ」

勝田くんもおだててくれた。

「大人っぽく見えるよ」

気がつくと、軽く開かれたふすまのむこうから、智さんまでもがあたしに注目していた。

智さんから声をかけてくるなんてひさしぶりのことだ。

「ありがとう」

と、あたしはへび店長にむきなおった。

「言われてみると、これがずっとほしかったような……」

冗談っぽく笑いかけるつもりが、なぜだか泣けてしまった。


翌日もあたしはそのバレッタをして、放課後になると勝田くんと一緒に智さんのもとを訪ねた。

玄関の扉を開けたときから、和室に見える智さんのうしろ姿はすでにノートにむかっていたけど、いつもとはちがうあたしたちの気配を、意気ごみを、早くも敏感に察していたのだろう。だからこそよけいにふりむきもせず、「ただいま」と声をかけても返事さえしなかった。智さんは一心にノートを見すえて宇宙船のことだけを考えようとしている。ほんとはすべてわかってるくせに。なにもかもちゃんと感じとっている。あたしたちが今日どんな思いで来たのか、なにを言いに来たのか、この心のすみからすみまで、なにも言わなくたって伝わるくらいの時間を、あたしたちはここで一緒に過ごしてきたはずだ。

あたしは台所でミルクコーヒーを淹れて、それを座卓の智さんに運んだ。少しミルクが多すぎたけど、香りに誘われて智さんがふりむいた。

「智さん」

ほんの一瞬、目が合ったそのときをのがさずに、切りだした。

「お願い、病院に行って」

言葉は最小限でいい。気持ちは通ってると信じてる。

「病院？」

智さんは小首をかしげ、それから感じのいい笑みを浮かべた。

「必要ないよ。さくらがなにを心配してるのか知らないけど、今はほんとにいそがしくて、そんなひまもないしね」

「お願い」

お願いだからそんなとぼけた笑顔をむけないでほしい。

「彼らとの約束の日が迫ってるんだ。どのみち設計図が完成するまでは動きがとれないし、どこにも行けないよ」

「約束の日って、いつ？」

「え」

「彼らって、だれ？」

氷の上にいるような底冷えの中で、足もとがぱりん、とひびわれた気がした。

「お願い、もうやめて」と、あたしは卓上のノートを両手で覆うようにして言った。「もうやめようよ、こんなこと」

「さくら……」

智さんは一瞬、たしかに動揺した。仮面の笑顔がくずれてやわらかい素顔がのぞいた。なのに、またすぐに仮面をかぶりなおしてしまった。

「悪いけど、やめるわけにはいかないよ。これはぼくの任務だし、彼らとの約束なわけだから」

「彼らなんて知らない」

「このプロジェクトがつぶれたらみんながこまるんだよ。人類の未来がかかってるんだ」

「人類なんて知らない。みんな好きにやってるじゃん。ばらばらに、勝手に生きてるじゃん。放っといたってこのまま勝手に生きていくんだよ」

「そう」と、智さんが突然、瞳《ひとみ》を光らせた。「だからこそ、みんなをまたひとつにする船が必要なんだよ」

「え？」

「みんながべつべつに生きてるのはいけないことだ。このままいくと人類はますますばらばらになって収拾がつかなくなる。地球には人と人をへだてる障害物が多すぎるんだ。そこで彼らは、宇宙船の中で人類をまたひとつにすることにした」

それこそが、と夢見るように智さんが笑う。

「それこそが人類を救う唯一の道なんだ」

あたしは呆然《ぼうぜん》とノートの絵を見おろした。人類をひとつにする宇宙船――。アメリカに逃げた智さんのお父さんや、ずっと昔に亡くなったお母さん、ウィーンに行ったツユキさんのことがつぎつぎに頭をかすめていった。完成したらさぞかし立派であろうその船が、急にとてもさびしい乗物に思えてきた。

「じゃあ、オレたちはなんなんだよ」

ふいに背後からうわずった声がした。

ふりむくと、勝田くんが泣きそうな顔で智さんをにらんでいる。

「こんな船がなきゃひとつになれないんなら、ここにいるオレやさくらはなんなんだよ」

智さんは返事をしない。無表情のままノートを見おろしている。

「今までオレたちがここにいたのはなんだったんだよ」

「……」

「答えろよ」

返事はない。

「ちくしょう」

と、勝田くんが畳を蹴って背をむけた。

「自分だけがひとりだと思うなよ！」

吐きすてるように言って部屋を飛びだしていく。

玄関の途中でがつんと壁をなぐる音がした。続いて乱暴に玄関の扉を開く音。力まかせにたたきつける音。

智さんがようやく口を開けたのは、室内が再びしんと静まりかえってからだった。

「尚純はなにを怒ってたのかな」

わかってるくせに。だから瞬《まばた》きもせずにノートをにらんでたくせに。

「勝田くんはね」と、あたしは智さんの耳もとに口をよせた。「勝田くんはくやしいんだよ。幻の船に負けちゃって、ものすごくくやしくて悲しいんだよ」

智さんの瞬きがまた止まった。

「あたしもくやしくて悲しい。だって、あたしたちはここにいるのに。小さくても、なにもできなくても、本物で、生きてて、ここにいるのに」

涙がつつっとほおを伝った。このところやけに泣き虫の自分が自分でもいやだけど、でもこの涙は植物じゃなくて、生身の、人間の涙だ。ちゃんと熱いし、ちゃんとここにある。

「それでも智さんは宇宙船を造るの？」

最後の賭《か》け。

あたしの涙をふしぎそうにながめていた智さんは、やがて優しくささやいた。

「造るよ。だって船ができるのはいいことなんだから。さくらが泣くことないんだよ」

「……」

やっぱりダメだ、伝わらない。

どっと全身の力がぬけた。疲れた。今度こそ本当に疲れはててしまった。

「帰る」

今帰れば、もう二度とここには来なくなる気がする。こんなに暗くてさびしいところにはもう来ない気がする。それでもいい、とあたしはなげやりな気分で玄関にむかった。

和室の敷居をまたぐとき、一度だけ智さんをふりむいて、言った。

「ごめんね」

「え」

「宇宙船ができても、あたし、乗らない」

「……」

「あたしは地球に残るから」

智さんの仮面がまたくずれた。瞳にはあせりの色が浮かんでいた。もとのすまし顔にもどっていくところを見たくないから、あたしはそのまま背をむけて立ち去った。

智さんは追いかけてこなかった。

足速にコーポから遠ざかり、ヘッドライトと排気ガスのわきを歩きはじめたときは、まだ六時半にもなっていなかったと思う。視界をふさぐ闇がいつもの帰り道よりも淡かった。なのに行く手が、見通せない。

こんな時間にひとりになるなんてひさしぶりで、あたしは途方に暮れていた。地球に残ってはみたものの、じつを言うとこれからどこに行けばいいのかもわからない。家へ帰るには早すぎるし、梨利の家に行くわけにもいかない。いつも逃げこんでいた智さんの部屋は、たった今、あとにしたばかりだ。

うなりをあげる北風の中で、とりあえず勝田くんのところにでも行こうかな、と考えた。梨利にも智さんにもつれなくされて、たぶん今、一番傷ついているさびしがりやのもとへ――。

いつものバスで自宅のわきを通りすぎ、終点の駅前ロータリーで下車した。にぎやかな繁華街から少しそれたところにある勝田くんの家には、一年生のころ何度か遊びにいったことがある。勝田くんの両親は繁華街の中心地で小洒落《こじゃれ》た居酒屋を経営していて（三年前まではイタリアンレストラン、六年前はしゃぶしゃぶの店だったらしい）、夜遅くまで帰ってこないのをいいことに、あたしと梨利は勝田くんの家をいいひまつぶしの場所にしていたのだ。

庭の両端に野菜畑の広がるグルメなたたずまい。あたしはその門前からひさびさに勝田くんの部屋をあおいだ。家の玄関はまっ暗で、一階の窓からも明かりは漏れていないけど、二階の正面にある勝田くんの部屋にだけは電気が灯《とも》っている。

ピンポン、とインターホンを鳴らすと、息をこらすような沈黙のあと、その唯一の窓明かりがすっと消えた。それっきり、窓が開く様子も、玄関の戸が開く気配もない。ピンポン、ピンポンとしつこく鳴らしつづけても、勝田くんは姿を現そうとしない。

そこにいるのはわかってるのに。

あたしはキッと二階の窓をにらみつけた。徐々に強まってきた風の冷たさが、もともとわずかだった勝田くんへの情けをいらだちに変えていく。

「自分だけがひとりだと思うなよ」

さっき勝田くんが智さんにむけた言葉をそのまま返しながら、あたしはくるんとまわれ右をして帰ろうとした。
そのときだ。
ほんの一瞬、夕刊をくわえたままの赤いポストが視野に入った。
一瞬なのに妙にその赤が目に残った。
ポスト。あたしは夕刊を押しやり、なにげなくその中をのぞきこんだ。
暗がりに目が慣れてくるにつれ、見たこともない外国の切手が浮かびあがってくる。
一気に脈拍があがった。冷えきった体もカッと熱くなった。
急いでポストをこじあけると、待ちつづけてきたものがその中にあった。
「勝田くん!」
あたしは再び二階の窓《まど》を見あげて、さけんだ。
「きたっ、ツユキさんからの返事!」
ぴかりと、勝田くんの部屋に明かりが灯った。

＊

尚純君とさくらさんへ

初めまして。僕は智の友人の露木《つゆき》幸一《こういち》です。

まずは手紙をありがとう。不思議な手紙でしたが、君たちの気持ちは伝わってきました。

ざっと自己紹介をすると、僕は智と同い年の二十四歳です。ウィーンの音楽学校に通うため、日本を離れてからもう一年以上になりました。その間、僕はちょくちょく智に葉書を出したのに、智からの返事は三回きりで、内容も「元気です」くらいしか書いてなかったから、僕はてっきり本当に元気なのかと思っていたわけです。

智はプライドの高いやつで決して弱音を吐かないから、君たちが教えてくれなかったら僕はずっと何も知らずにいたかもしれない。手紙をくれて良かったと感謝しています。

ただ、あれだけではいまいち状況がつかめなかったから、手紙を読んだ後に僕は智の家に電話をしたんです。智の伯父《おじ》さんが出て、詳しく話してくれました。智がシリアスな心の問題を抱えてることもわかりました。

率直なところ、僕はそれほど動じていません。いや、やっぱりちょっと動じたかな。

確かに智には自分の殻に閉じこもりがちなところがあって、物事を思いつめてしまうところもあったけど、一年前までは特におかしいってほどのことはなかったから、それが急にこんなことになってしまったのは驚きました。でもその反面、心の病なんてそんなに驚くほどのことじゃない、という気もするんです。

それは僕が危ないヤツの多い環境（芸術家肌って国籍を問わずキレてるヤツが多いんだ）にいるせいかもしれないし、僕自身も、ひとつ間違えば危ないヤツだからかもしれません。

打ちあけてしまうと、僕もすでに小学生の頃、心の病を経験してるんですよ。だからこそ、心の病をそんなに特別なこととは思っていない。

僕の病は、一言で言うと、人と会うのが怖くなる病気でした。物心がついた時から喋《しゃべ》るのが苦手で、一人でチェロばかり弾いてたんです。人とのコミュニケーションが恐ろしく下手だった（今でも本質的にはそうですが）。それで、ついに小学二年生の頃、自分の中で何かが限界を超えたんですね。それまでいやいや通っていた学校にまったく行かなくなって、部屋に閉じこもって、家族とも口をきかなくなって、ついにはチェロまで弾かなくなって……。今でもぼんやり憶えてるあの日々は本当に暗い毎日でした。

母は慌てて僕を病院に連れていって、カウンセリングだとか、薬を飲んだり、催眠療法までやったけど、効果は一向に現れなかった。それで結局二か月近く、今でいう不登校を続けたわけです。

ところがある日、突然、「またチェロを弾こうかな」と思った。やっぱりやめたくないって気持ちに、急になれたんです。

きっかけは、同じクラスの男子からもらった手紙でした。たった一度だけ、母親同士の絡みで強引に連れていかれた近所のお誕生会に、一緒に来ていたクラスメイト。そのとき以外はほとんど口をきいたこともなかったやつが、いきなり励ましの手紙を持ってきたんです。

それが智だった。

その手紙をきっかけに、僕は回復の第一歩を踏みだした気がするし（その後もしばらくカウンセリングには通ったけど）、智とも友達になって、やがてはまた学校にも通えるようになりました。

その智が、今度は反対に心の病を患っているという。

君たちの手紙を不思議に思ったのはそのためです。

小さい頃、智が僕を助けてくれたように、今度は僕が智を助ける番なのかな。

でも、それはそんなに簡単じゃないよね。僕と智ではケースも違うし、今の僕には自分に何ができるのかもわかりません。病院の件にしても、遠い外国から闇雲に説得して、いい結果が得られるとは思えません。まずは智に会って、話をして、それからいろいろ考えたい、というのが僕の率直な気持ちです。

一九九九年の幕開けと同時に、一旦《いったん》、日本に帰ります。

君たちからの手紙を読んだ直後は、すぐにでも飛んで帰りたかったけど、でも僕は年末にチェロのコンクールを控えていて、今、ここを離れるわけにはいきません。智がいなかったらやめてしまったかもしれないチェロだから、僕は何としてでも続けて、いいチェリストになりたいんです。いつかさくらさんにも招待状を贈るよ（ただし僕は盗人《ぬすっと》は嫌いです。隣のイタリアでは君たちと同年代の女の子が生活のために泥棒やスリをして、捕まると相手を怯《ひる》ませるために服をぬいで胸を見せるんだ。いざって時に胸を見せるくらいの気概がないなら、万引きなんてしょぼいからやめときなよ）。

前から智が吹きたがっていたトランペットの中古品を、友達から安く譲ってもらいました。それを土産に帰国して、二週間の滞在中、僕にできることの手始めとして、吹き方の初歩だけでも教えてみるつもりです。「なにを呑気《のんき》な！」と言われそうだけど、これはこれ。音楽を志す僕は、やはり音楽が人に与える力を信じているんです。それに智が今、何をどれだけ絶望しているのかはわからないけど、あのトランペットのすかんと空につきぬけるような音色、力強さに通じるものを、智は心のどこかに持っていると僕は信じています。

人より壊れやすい心に生まれついた人間は、それでも生きていくだけの強さも同時に生まれもってるもんなんだよ。

帰国したら、きっと君たちにも会えるよね。その日を楽しみにしています。

どうかそれまで智をよろしく。

最後に、頼まれていた智への励ましの手紙だけど……。

悪いけど、僕は言葉で人を励ましたりするのが苦手です。だからチェロを弾いてるようなもんで、いっそのこと、僕の演奏したチェロのテープでも送ろうと思いましたが、まだそれほどの実力もありません。

そこで考えた結果、小学生の頃、僕が智からもらった例の手紙を同封することにします。お守り代わりにずっと手元に置いていたのだけど、智を力づけるのにこれ以上のものは見つかりませんでした。

小学二年生の智がくれた手紙。

どうか智に伝えてください。

僕はこれを読んで「良くなりたい」と思ったのだ、と。

露木幸一

一字一字、丁寧な達筆でつづられた露木さんからの手紙。その便せんに包まれていたぼろぼろの紙きれは、遠い昔、小学生の智さんから露木さんへと贈られたものだ。それを今、二十四歳の露木さんが智さんに贈りかえそうとしている。あたしと勝田くんが勝手にのぞき見できるようなものじゃない。

ということは承知の上で、それでも、露木さんの手紙を読んだあとでそれを開かずにおくのはむずかしいことだった。

あたしたちはあっけなく誘惑に負けて、幼い文字がつづられたその紙きれを開いた。

自分でもいいかげんにしろと思いつつ、あたしはやはりまた泣いた。勝田くんもとなりで泣いていた。でもそれはほんのつかのまのことで、あたしたちはすぐに涙をひっこめると、そろって勝田くんの家を飛びだした。

人とネオンとアルコール臭がうごめく繁華街をすりぬけ、駅前のバス停へと一目散に駆けていく。バスを待つ時間がやけに長かった。乗っている時間もじれったかった。小学二年生の智さんの手紙を、一刻も早く、今の智さんに届けたい。ついさっき、もうもどらないと予感してあの部屋を出てきたのも忘れて、あたしは再び全力で智さんをめざしていた。だけど智さんは、あたしや勝田くんが去りぎわに残した言葉を、忘れていなかったのかもしれない。

午後八時前。あたしたちがようやくコーポにもどったとき、２０１号室の窓にはめずらしく明かりが灯《とも》っていた。そしてその白々とした光の下であたしたちを待っていたのは、智さんではなく、亡霊のように生気をなくしたへび店長だった。

へび店長の足もとでは、びりびりに裂かれた幾冊ものノートが、季節はずれの花吹雪のように風に吹かれている。

「いねえんだよ」

と、へび店長がゆらりとあたしたちをふりむいて言った。

「智が消えちまった」

智さんが消えた、と告げられた瞬間から、あたしは半分パニック状態に陥っていたようで、それから一時間ほどの記憶がさだかじゃない。

たしか、

「おれも今、ここに来たばかりで、警察に連絡すべきか迷ってた」

というようなことをへび店長が言って、

「まだ八時だし、少しあたりを捜してからにしよう」

というようなことを勝田くんが言ったのだと思う。

ふとわれにもどったときにはすでに智さんを捜しまわっていた。へび店長は自転車で、へびあたしと勝田くんは駆け足で、がむしゃらに夜の街を駆けめぐった。ゆれるイルミネーション。少し気の早いクリスマスツリー。闇に溶けいる信号の黄色。赤でもつきすすむあたしの耳もとで、落ちつけ、さくら、だいじょうぶだ、落ちつけ……と勝田くんがなにかの呪文《じゅもん》のようにくりかえしていたのをおぼえている。そういう勝田くんだって顔面蒼白《そうはく》だった。あてもなくさまようあたしたちをいたぶるように、風はますます強く吹き荒れていく。少しでも気をぬけば足もとをさらわれてしまいそうな暴風。両足をふんばってやりすごすたび、今の智さんならさらわれてしまうかもしれない、と胸が騒いだ。

智さんはいなかった。街の雑踏にも、道ばたの暗がりにも、電信柱の陰にも、街灯の下にも、バス停のまわりにも、歩道橋の上にも、入りくんだ路地にも、人工運河の河原にも、並木道の木陰にも、公園のベンチにも、もしかしたらもう地球上にいないんじゃないかと不安になるくらい、智さんはどこにもいなかった。

結局、闇雲に駆けずりまわっただけでリミットの九時が来た。一時間捜してもだめなら警察に連絡することにしていたあたしたちは、疲れた足を引きずってとぼとぼコーポへ引きかえした。

どうかあたしたちよりも先に智さんが帰っていますように。へび店長が見つけていますように。

ひそかに抱いていた甘い期待は、けれど、201号室の扉を開けたとたんにはかなく消え去った。

つけっぱなしの蛍光灯の下に、やはり智さんの姿は見えなかったのだ。

へび店長もまだもどっていない。部屋にはあいかわらずびりびりのノートが散乱しているだけ。その切れはしがときおり、隙間風に舞っている。

ちりぢりになった設計図。

智さんの宇宙船――。

「あたし、乗らないって言ったの」

あたしはその場にしゃがみこみ、足もとに広がる紙吹雪を両手でまさぐりながら言った。

「宇宙船ができても、あたし、乗らないって言ったの」

あのときの智さんの瞳《ひとみ》。裏切られた子どもみたいな顔を思いだすと、胸がつまって吐きそうなほどで、再び自分を失いそうになる。

「あたしが地球に残るって言ったから、だから……」

「落ちつけよ、さくら」

とりみだすあたしに勝田くんが言った。

「だいじょうぶだよ、智さんもちゃんと地球に残ってる。どこにも行っちゃいないって」

「なんでわかるの？」

「だって……」と、勝田くんは床を覆う大量の紙片へと目をむけた。「だってとにかく智さんは、宇宙船をすてたんだから」

「……すてた？」

勝田くんの目線を追って、あたしはあらためて足もとを見まわした。

大事にしてきたノートの残骸《ざんがい》。宇宙船の屍《しかばね》。言われてみると、たしかにそれは葬り去られた夢の跡形のようでもある。

智さんは本当に宇宙船をすてたんだろうか？

「でも、じゃあ智さん、どこに行っちゃったの？」

あたしがきいた瞬間、床の一点を見すえていた勝田くんの呼吸がぴたっと止まった、気がした。

「勝田くん？」

ちりぢりになった紙吹雪の上に、一枚だけ、切り裂かれていない紙きれが残っている。

勝田くんは食い入るようにそれを見つめていた。やがて歩みよって手を伸ばし、お、と声にならない声をあげた。

「どうしたの？」

「これ……」

「なに？」

「まさか」

「なんなのよ」

勝田くんは答えずに窓辺へむかい、色あせたブルーのカーテンを開いた。窓のむこうに冴えわたる濃紺の夜空をあおぎみる。その横顔の喉《のど》もとのラインが、ぴく、とふるえた。

「さくらも来いよ」

あたしはそろそろと窓辺に足をむけ、勝田くんの肩ごしに夜空をながめて、ハッとした。

「あ」

流れる雲の切れ間にのぞくゴー・サイン。

闇夜を照らす、大きな○。

――満月。

「今日って十二月四日だよな。で、月の周期は二十九日」

つまり、と勝田くんは言った。

「一九九八年、最後の満月だよ」

一九九八年　最後の満月の夜
水城小学校の屋上に
真の友　四人が集いし　その時
月の船　舞い降り　人類を救う
すると人類は　もう宇宙船を造らなくてよくなるであろう

どたどたと、転げおちるようにコーポの階段を駆けおりたところで、自転車でもどってきたへび店長とでくわした。

「おじさん、自転車貸してっ」

「警察に電話するの、もうちょっと待ってて！」

あたしたちはすばやく自転車をうばうと、ふたり乗りで疾風のように走りだした。ぽかんとしていたへび店長は、瞬《また》く間にはるか後方の闇の中に吸いこまれた。もちろんペダルをこいでいたのは勝田くんで、あたしはやきもきと声援を飛ばすだけだ。

「早く！　ねえ、水城小学校までってどれくらい？」

「バスだとここから三十分くらいかな。でも、バスは本数ないからな。自転車だと……」

「二十分で行って」

「バスより速いかよ！」

「あんなへんぴなとこ指定したあんたが悪いのよ」

「だって、古い場所のほうがそれっぽいし、それに一応オレたちの、もと母校だし……」

勝田くんがゼイゼイと荒い息を吐きながら言う。

水城小学校は、たしかにあたしたちのもと母校だ。けれどあたしたちはたった一年間しかあの学校に通っていない。あたしたちが小学二年生にあがった春、水城小学校は生徒の激減と校舎の老朽化にともない廃校となったのだ。その後、再編成された学区に従ってあたしはニュータウンの新町《しんまち》小学校へ、梨利と勝田くんはとなり町の竹中《たけなか》第一小学校へとふりわけられていった。

役目を終えた水城小学校は、噂だと、その一帯に造られる予定だった巨大なレジャーランドへ吸収される運命だったらしい。ところが、まだ解体工事も始まらないうちにバブルが崩壊。そのまま計画は無期延期となって、水城小学校はいまだに老いぼれた姿をさらしているわけだ。

街外れの暗がりに眠る朽ちた校舎。野菜畑や雑木林の広がる周辺には、その眠りをさまたげる人影もない。

たしかに、月の船を迎えるにはちょうどいい環境と言えるかもしれない。

でももちろん、それは本当に月の船が下りてくればの話で……。

「勝田くん!」

ひたすらペダルをこぐ勝田くんのうしろで、あたしは大変こまったことを思いだしてしまった。

「月の船、どうするの?」

「え」

「月の船なんか来ないのに、どうするの?」

勝田くんはスピードをゆるめずに「しょうがないよ」と笑った。

「しょうがない?」

「だって、来ないもんは来ないんだから」

「そんな無責任な……」

「あのさ、オレ、智さんは月の船が来なくても傷つかない気がするんだよ」

突風に傾いた車輪のバランスを立てなおしながら、勝田くんは懸命に前へ、前へとつきすすんでいく。

「智さんだってあんな古文書、最初からぜんぜん信じてなかったし、今だって、たとえ水城小にいるとしても、ほんとに月の船が来るなんて思っちゃいないと思うよ。でもきっとほかに、行くあてがないんだよ。ノートめちゃくちゃにして、宇宙船ぶっ壊して、これからどうすりゃいいのかわからないってときに偶然、あの紙を見つけたんじゃないのかな。だから月の船が来なくたって傷つかない」

だけど、と勝田くんは言った。

「だけどオレたちが行かなかったら、たぶん智さんは傷つくんだ」

びゅう、とひときわ激しい風に再び車輪がぐらついた。

あたしは古文書の予言を思いだして、そういえば……とつぶやいた。

「真の友が集まるとか書いてあったっけ」

「そ。真の友四人が集いしそのとき……」

「あ」

「あ」

勝田くんがブレーキをかけた。車輪がつんのめるようにして止まり、今度こそ地面に投げだされた。イタ、と腰を押さえたあたしの横で、しりもちをついたまま勝田くんは言った。

「やべ。ひとり足んない」

五分後、あたしたちは街角の電話ボックスにいた。大通りから外れた近道を行っていたため、公衆電話を探すのもひと苦労だった。

「ね、どうしても四人じゃなきゃいけないの？　三人じゃだめ？」

受話器に手を伸ばす勝田くんに、あたしはしつこく食いさがってみたけど、

「だめ。四人って書いたんだから、絶対、四人だよ」

と、勝田くんはゆずらなかった。

「でも、どっちみち月の船は来ないんだし」

「だからキーワードは『月の船』じゃなくって『真の友四人』なんだって。それにあの古文書はもともと智さんのためだけに作ったわけじゃないんだから。さくらと梨利のためでもあるし、ひいてはオレのためでもある。やっぱ四人じゃなきゃ意味ねえよ」

怒ったように言うなり、勝田くんは梨利の家の番号を押した。

思ったとおり、梨利の反応はにぶかった。例の事件以来、学校にも登校せず、勝田くんの面会も拒否している梨利が、そんなに簡単に呼びだしに応じるわけがない。「大事な話なんです」「人の……いや、人類の未来がかかってるんです！」などと勝田くんがおばさんに熱弁をふるい、なんとか梨利を電話口までつれてきてもらったまではいいものの、人類の未来がかかっているはずの勝田くんの話は、梨利の耳にはそうとう荒唐無稽《むけい》なものに

響いたはずだ。

「たのむ！　どうしても四人必要なんだよ」

「水城小の屋上。おまえんちからなら近いだろ」

「だからその屋上に月の船が……」

「来ねえよ、月の船は来ねえけど、でもとにかくそういう予言なんだって」

「いや、ノストラダムスじゃなくって、勝田尚純の予言なんだけど……」

力説されればされるほど、梨利はますます混乱していったはずだ。さっぱり要領を得ないままに時間だけが過ぎていき、勝田くんのとなりであたしはだんだんじれてきた。

電話ボックスのガラスごしに見える満月。風が黒雲を運んでくる中で、あの青白い光はいつまで地球を照らしているんだろう？　満月が消えたら智さんはがっかりして帰ってしまうかもしれない。今度こそ地球に絶望して、せっかくすてたかもしれない宇宙船の世界にもどってしまうかもしれない。

「ん、さくらもいるよ。一緒におまえのこと待ってるから。こんな機会でもなきゃおまえら一生、このままだぞ」

勝田くんの声も次第にいらだっていく。

「ああ、言われなくたってわかってるよ。どうせオレはおせっかいだよ。人のことばっか気にしすぎてんだよ。でもな、オレから見りゃおまえたちみんな、自分のことばっか気にしすぎてんだよ」

受話器にむけられたその言葉は、梨利だけじゃなく、あたしへの非難でもあったはずだ。たしかにそのとおりだと、胸にずんときた。

あたしはこれまで自分のことばかり気にしすぎていた。それもうんと小さな、どうでもいいところで。

「なあ、いいかげん仲なおりしろよ、ふたりともなにこだわってんだか知んないけど月から見れば塵《ちり》のようなこだわり。

「ほんっとにどっちも意地っぱりだよなあ。おまえら似た者どうしのいいコンビだよ、オレが保証する」

それくらい保証されなくても知っている。

「もうすぐ一九九九年も始まる。今こそみんなで手と手を取りあって……」

ちがう。そんなにむずかしい言葉じゃない。ほんの少しの勇気さえ出せば、あたしはもっと簡単に梨利を求められるんだ。

「貸して」

あたしは勝田くんから受話器を取りあげ、耳にあてた。

「梨利」

低くささやくと、受話器のむこうですうっと息を吸いこむ気配がした。

あたしも大きく息を吸いこんで、言った。

「会いたい」

会いたい……。

その瞬間、露木さんの言うトランペットの音色みたいに、あたしの中でなにかがすかんと空までつきぬけた。やっと言えたその一言が心の迷いも淀みも吹きちらしてくれた。最初のひと声がだせた今なら、もうなんだって話せそうな気がする。梨利をまきぞえにしようとした一瞬の恐怖も、そのあとの後悔も自己嫌悪も、百パーセント自分が悪いとわかってながら、それでも心のどこかでひそかに梨利をうらんでいたことも。

全身全霊で求めたSOS。

ふりはらわれた右手の後遺症——。

「さくら、よく言った」

あたしが言葉を続ける前に、しかし、勝田くんがあわただしく受話器を取りあげて言った。

「そういうことだ、梨利、水城小の屋上で待ってるぜ」

がちゃん、と梨利の返事を待たずに受話器をもとにもどす。

「行くぞ、さくら」

「ＯＫ」

あたしたちは勢いづいて再び自転車に飛び乗った。さらにスピードアップした勝田くんの運転で静かな街路をつきぬけていく。

まだ遠い彼方《かなた》の水城小学校。月の船など現れないその屋上に、あたしたちはこのとき、いったいどんな奇跡を夢見ていたんだろう？

たぶんあたしたちはどんな夢も見てはいなかった。

ただ、どこにでも転がっているごくありふれた現実を、ささやかな平和を、取りもどしたいだけだった。

＊

住宅地の外れを横ぎる旧道を過ぎると、舗装されたアスファルトがいきなり砂利道に変わって、自転車がガタガタと縦に振動を始め、おしりの痛みをこらえながら前方に広がる野菜畑を見渡せば、強風にふるえるビニールハウスのむこうには雑木林の木立がうっすらともりあがり、さらにその奥にはすでに水城小学校の影が見え隠れしている。

傾きかけた木造の四階建て。この古い母校を訪ねるのは、これが初めてではなかった。廃校になってから三、四年後、だれが言いだしたのか水城小学校には「用務員のおじさんの幽霊がでる」との噂がたって、一時は幽霊屋敷として子供たちの人気を集めていたのだ。あたしも友達と何度か肝試しに来たことがあった。が、実際には幽霊などぜんぜん出なかったため、すぐに人気と信用を失って、今ではまたひっそりともとのおんぼろ校舎にもどっている。

野菜畑をぬけ、ちんまりとした雑木林を横ぎると、ちょうどそのおんぼろ校舎の裏に出る。これが最短のコースだ。あたしたちは雑木林の手前で自転車をおり、木立のあいまに駆け足で飛びこんだ。低木にぶつかり梢《こずえ》にほおをはたかれ、足もとのくぼみにつまずきながらも懸命に校舎をめざしていく。

雑木林と学校の境には、ざらりと錆《さ》びついた金網のフェンスが立ちふさがっていた。らくらくとこえていく勝田くんに続いてあたしもそれをよじのぼり、てっぺんから大きくジャンプした。

足の裏がびりりとしびれたとき、あたしはすでに学校の裏庭にいた。

「はー、ついたな」

「ん」

ふたりして息を切らしながら見まわしても、光源のない裏庭はとにかく暗すぎる。闇にまかれた校舎は心細い影を浮かびあがらせるばかりで、もちろん屋上の人影まではわからない。

智さんはそこにいるのだろうか。

梨利はここに来るのだろうか。

「とにかく、行ってみよ」

あたしたちは顔を見あわせてうなずきあい、同時に足をふみだした。

その瞬間、なにか不吉なものがもわっと鼻先をかすめた気がしたものの、それについて深く考えている余裕はなかった。

あたしは智さんのことだけを考えてひた走った。とうに鍵《かぎ》の壊された昇降口をくぐりぬけ、土足のまま一階の廊下をつっきっていく。風は割れた窓から校舎の中まであたしたちを追ってきた。老いた床板は蹴《け》りつけるごとにギシギシと小言のようなうなりをあげた。一刻も早く屋上へと急ごうとしても、全力で駆けるには足もとが暗すぎておぼつかない。それでもなんとか南端の階段に行きつき、ダッシュでそれを駆けあがろうとしたところで、あたしははたと足を止めた。

「なにこれ」

「え」

「このにおい……」

上階から舞いおりてきた風が、今度こそ疑いようのない異臭をつれてきた。頭でキャッチするよりも早く、全身の鳥肌が危険を知らせた。

無色の風をにごす一筋のきなくさい煙――。

「そういや、くせえな」

勝田くんもようやく気がついたようだ。

不安な目と目がぶつかった瞬間、あたしたちは同時に頭上をふりあおぎ、全力で階段を駆けのぼっていた。

上階に近づけば近づくほど、においは定かになっていく。胸騒ぎどころか、手がつけられないほどに心臓が暴れだす。引きかえしなさいと本能もさけんでる。これ以上は危険だ。引きかえしなさい……だめだ、帰れない。だってこの上に智さんがいるかもしれない。

たなびく煙にむせびながらも、あたしは必死で屋上をめざした。そして四階の踊り場にさしかかったとき、ついに悲鳴をあげて立ちつくした。

廊下《ろうか》の奥から、もうもうと押しよせてくる白煙。

北端の教室からのぞく妖《あや》しい光。

赤々とした、なにかとても獰猛《どうもう》そうな、触れたら命取りになりそうな……。

「火事だ」

と、今にもたおれそうなあたしのとなりで、勝田くんが呆然《ぼうぜん》とつぶやいた。


夢だ。これは夢に決まってる。悪夢だ。ずっと前からの悪夢がまだ続いている。もうじき時計のアラームが鳴る。目覚めればすべてが終わるはず。でも、いったいどこまでさかのぼってから目覚めればいいんだろう？

「さくら、しっかりしろ」

勝田くんの声だ。勝田くんを夢にはしたくない。

「よくきけ、オレはちょっと行って智さんをつれてくる」

智さん。そうだ、智さんも夢にはしたくない。もちろん梨利だって。となると、これはやっぱり夢じゃなくて現実？

「さくらは先に逃げろ。そんでどっかから消防車を呼ぶんだ。いいか？」

いいわけない。そんなのぜんぜんいいわけない。屋上へと駆けだした勝田くんの腕を、あたしは夢中で引っぱっていた。

「あたしも一緒に行く」

「ばか、よせ。逃げろって」

「だめ」

「消防車を……」

「だめ！」

「……ほんとばか」

冷静に考えればたしかにばかだけど、あたしは勝田くんをはなそうとしなかった。

「いいからさくらは下りて助けをよんでこいって」

「やだってば！」

不毛な争いのあいだにも、遠く見える火は瞬《また》く間に威力を増していく。すでに北端の教室をのみほして、その熱い舌を廊下へと伸ばしつつあった。炎のふきあげる白煙も、みるみる煤《すす》けた黒煙へと色をにごしていく。

「あ」

あたしがふいに勝田くんの腕をはなしたのは、その黒い幕――廊下の果てに渦まく煙のなかに、ぼやけた人影を見た気がしたからだ。

すらりと高い長身のシルエット。

「どうした、さくら」

「だれかいる」

「だれか?」

「智さん……?」

ゆらめく炎に吸いこまれるように、あたしは廊下の北側へと歩きだした。

「よせよ、さくら。オレが行く」

勝田くんが声を強めると、その響きにびくんとしたように、煙の中の人影が一歩あとずさった。勝田くんの制止をふりきってあたしが近づいて行けば行くほどに、その影はじりじりと後退して煙に巻かれていく。けれどもそれには限度があった。すでにその背後には火の手が迫っていたのだ。

熱と煙によろめいたのか、それとも顔を隠すためか、人影はふらりと炎の前にうずくまったまま動きを止めた。

皮膚をあぶるような熱風はあたしのほうまで流れてくる。コートの袖《そで》で顔を覆いながら前進すればするほどに、漂う煙も深く、色濃くなっていく。目が痛い。涙がにじむ。扁桃《へんとう》腺《せん》のあたりにうんと苦い綿菓子がからみついていく感じ。それは頭の中までも侵していくのか、徐々に意識が乱れてきた。

「智さん?」

しゃがれ声で呼びかけながら、あたしはただもう機械的に歩いた。もしもそこにいるのが智さんだとしたら、それはなにを意味するのか、火元に智さんがいるというのはどういうことなのか、考えるのも拒否して足だけを動かした。

「よせって、さくら。オレが行くから、おまえは逃げろよ」

廊下のまんなかあたりで勝田くんにうしろから押さえられ、ふいに電池が切れたように立ちどまったときには、もうかなり炎に近づいていた。

脳を一息にとろかすような熱に、急にリアルな恐怖を感じて、足がすくんだ。

天井をなめ、柱をしゃぶり、床をのみこむ紅の舌。まぶたをとじても消えない強烈な光と熱。

全身を覆う煙にむせかえりながら、あたしは生まれてはじめて命の危険を感じた。

でも知りたい。そこにいるのがだれなのか。

「智さん？」

勝田くんの手をふりはらい、あたしが再び足をふみだそうとした、そのとき。

どどっ、と燃えあがる北端の教室から、なにかのくずれる音がした。

と同時に、その轟《とどろ》きにはじかれたように、

「ああああ！」

火影にうずくまっていたシルエットが奇声をあげて立ちあがった。

黒煙のむこうから飛びだしてきた男――そのひょろ長い影を立ちのぼる猛火が照らしだす。おびえきったふたつの瞳《ひとみ》。痙攣《けいれん》する下まぶた。つぶれた団子鼻に、こわばった口もと。ちぢれた長い髪。それを覆う紺色のキャップ。薄い胸もと。ふにゃりと細長い胴体。派手なオレンジのブルゾンに、くたびれたブルージーンズ。汚れたスニーカー。

見たこともない顔。見たこともない服。見たこともない男の人――。

息の止まるような一瞬のあと、よろっとその場にへたりこんだあたしのとなりで、勝田くんがその見知らぬ男を指さしてさけんだ。

「放火魔だ!」

とたん、男はダッとあたしたちのわきをすりぬけ、南階段へと暴走し始めた。

「くそ、まぎらわしいまねしやがって……。逃がすか、てめぇ!」

勝田くんが舌うちをして男を追っていく。

あたしもそのあとに続こうとしたけれど、腰が引けて動かない。足に力が入らない。一気に体がなえてしまったようで、数メートルほど這《は》って進んだのが限界だった。

がくん、と床にうつぶしたあたしの耳に、南階段を駆けおりていく放火魔と勝田くんの足音が響く。その俊敏なテンポは床をゆらす振動とともにぐんぐん遠ざかっていく。

勝田くんはだいじょうぶだろうか。ひょろひょろしてたけど相手は大人だった。刃物だってもっているかもしれないのに……。

あたしは不安だった。

けれどうれしかった。

放火魔が知らない人でよかった、との思いが徐々にわいてきたのだ。

やっぱり智さんは犯人じゃなかった。こんなことならもっと最初から信じていればよかった。

でも、それなら今、智さんはやっぱり屋上に……？

あたしはゆらりと頭上をあおいだ。立ちこめる黒煙で屋上はもちろんのこと、天井さえもう見えない。こらした瞳に激痛が走って、涙がとめどなくあふれだす。智さんが待っているかもしれない屋上に行きたいのに、這ってでも行きたいのに体が言うことをきかない。足が自分の足じゃなくなっていくみたいだ。指が自分の指じゃなくなっていくみたいだ。あたしの体があたしのものじゃなくなっていくみたいだ。神さまが返せと言っている。どうせろくな使いかたはしないから返せと言っている。足が熱い。ふくらはぎのあたりが焦げつくようだ。火の手が迫っている。こうして人は死んでいくのかもしれない。ろくなことはしないまま、会いたい人にも会えないまま、伝えたい気持ちを伝えられないまま、人は簡単に狂い、簡単に死んでいくのかもしれない。

熱い床にほおを押しあてたまま、あたしはごほごほと力なく咳《せき》をした。

次第に呼吸も苦しくなって、意識がすうっと遠のいていく。

死がさしせまったとき、人は楽しかったときのことを思いだすのだとだれかが言っていた。幸せだったときや、大好きだった人たちの姿が走馬灯のように駆けめぐるのだ、と。

燃えさかる校舎の中であたしが思いだしていたのも、やはり楽しいことだった。梨利と過ごした日々。一緒にのぼった歩道橋。さまよった渋谷の街。めずらしいプリクラを探しまわったこと。一時間四〇〇円のカラオケで歌いまくった。新発売のチョコレートをずらりと並べて味くらべをした。どこにでもついてくる勝田くんをおちょくって遊んだ。そんな他愛《たわい》のない、安っぽい思い出がつぎつぎに浮かんでは、消えていく。この他愛のなさに、安っぽさに支えられて生きてきたのだ。そう思った瞬間、煙のせいではない本物の涙がにじんできた。

「さくら。さくら」

そう、この少し甘ったるい梨利の声。この声があたしを支えていた。

「さくら、なにしてんの？　ねえ、どうなってんの⁉」

ふりむけばすぐそこにある。この瞳にいつもほっとした。

「起きて。立って。行こうよ、ねえ、しっかりして！」

あたしの体をゆする細い腕。とてもやわらかい。まるで本物みたいだ。

「しっかりしなってば！」

いきなり平手打ちをくらって、ハッとした。

「逃げなきゃ死ぬんだよ。早く！」

ぴしゃりと言うなり、梨利はあたしを力まかせに抱きおこした。ぼうっと上半身を持ちあげたあたしを、強引に、抱えるように南階段へと引っぱっていく。この腕力。この感触。これは走馬灯じゃない、本物だ、と確信したとたん、なえていた足に再び力がこもった。

「さくら……」

ふらつきながらも自力で歩きだしたあたしに、梨利が泣きそうな目をむけた。

「だいじょうぶ？」

赤い髪を熱風にはためかせながら、くしゃりと顔をゆがませる。

あたしはその小さな体に思いきり抱きついた。

やわらかい。そしてあたたかい。やっぱり本物だ。本物の梨利だ……。

言いたいこと、伝えたいことが山ほどあったはずなのに、声にならずに空咳ばかりがこみあげてくる。まだもうろうとしている頭が言葉をうまく組みたててくれない。それでもあたしは満足だった。梨利が来てくれた。こうしてまた会えた。それだけでもう、なにも思い残すことはないほどに、満ちたりていた。

なにも思い残すことはないほどに――。

「さくら、話はあとだよ。なんかもう、なにがなんだかわかんないけど、とにかく早く逃げなきゃ」

梨利のけわしい視線を追ってふりかえると、さっきまで舌の先で北端の教室をいたぶっていた炎は、今では大口を開けてそのとなりの教室までもむさぼろうとしていた。すでに北端の天井は焼けおち、ぱっかり開いた煤《すす》まみれの口が大量の黒煙を空へとふきあげている。

屋上にも火がうつってる……。

「やばいよ、マジで」

血の気のひいた梨利のほおにも、ぽろぽろ涙が伝いはじめた。

「行こ、さくら！」

掌《てのひら》で顔を覆うようにしながら、梨利が勢いこんで階段へと駆けだした。あたしはその背中を踊り場まで追いかけてから、「待って」とやにわに、呼びとめた。

「梨利、待って」

「なに？」

逸《はや》る瞳でふりかえる梨利に、「お願い」と苦しく口を切る。

「来てくれてありがとう。でも梨利、先に逃げてて」

「え？」

「あたし、あとから行くから。きっと行くから」

「なんでよ」

「屋上に行くの」

「屋上？」

「友達が待ってるかもしれない」

「……勝田くん？」

「ちがう。ほかの人」

梨利は不審げに考えこみ、やがて首をゆらした。

「待ってないよ。待ってるわけないよだれも、こんな火事の中で」

「うん、でももしかしたらいるかもしれないから」

「勝田くんの言ってた話のこと？　釣りの船がどうのって？」

「ううん、月の船じゃなくって……」

智さんは月の船を待っているわけじゃない。かといって勝田くんの言うように、あたしたちを待っているわけでもなさそうな気がする。もうずっと前から智さんは死だけを待ちつづけてきたのではないか。ふいにあの喉《のど》もとの傷が頭をよぎって、ぎくっとした。

「ごめん、梨利。あたし、急がなきゃ」

「どうしても行くの？」

「行く」

「わかった」と、梨利は言った。「じゃあ、あたしも行く」

「え」

「あたしも一緒に行く」

決然としたまなざしで、梨利が右手をさしのべる。その指がしなやかな動きであたしの右手を捕らえた。

「何回も夢に見てうなされた。忘れられなかった。さくらの顔がまともに見れなかった」

「梨利？」

「あの日、さくらがあんなに一生懸命助けを求めてたのに、あたしはさくらを見すてて逃げたんだ」

「……」

「あたしはさくらがいなきゃだめなのに、さくらがいなきゃ未来だって今だってこまるのに、そんなさくらを、見すてて逃げたんだ」

「梨利……」

「もうあたし、さくらをおいて逃げられない」

あたしの手を握る梨利の指先に、ひときわ強い力がこもった。

伝わってくる思い。たしかなぬくもり。たしかな力。

もしも生きて残れたなら、あたしはもう一度、なにかを信じていけるかもしれない。ふいにそんな気がして、胸がつまった。その信じたなにかを大切にして、全力で守って、そしてもう二度と、危険なにかに巻きこんだりはしない、と……。

智さんのことで梨利をまきぞえにはできない。

「梨利、ありがと。でも、ごめん」

そのぬくもりに未練を残しながらも、あたしが思いきって梨利の手をふりほどこうとした、そのとき。

階下からばたばたと足音が響き、汗だくの勝田くんが駆けあがって来た。

「勝田くん！」

「さくら……梨利も来たか。こんなところでなにしてんだよ」

踊り場にたたずむあたしたちを見るなり、勝田くんはあきれ顔で「早く！」と階下へうながそうとする。

「放火魔は？」

あたしがきくと、くやしそうに唇をねじって、

「逃げられた。でも追跡の手がかりはつかんだぜ」

後生大事に握りしめた紺色のキャップ――放火魔のかぶっていたそれをコートのポケットにねじこみながら、「ほら、早く」ともう一度あたしたちをせきたてる。

あたしは、だけど勝田くんの示す逆の方向に、一歩足をふみだした。

「さくら、ばか、よせっ」

「だって屋上に……」

「オレが行く」

「勝田くんは梨利をお願い」

言いながらあたしは勝田くんの胸にむけ、梨利の背中を力まかせに押しやった。

「ちゃんと梨利を捕まえて、外まで、出口までつれてって」

しゃがれ声でさけぶなり、さっと身をひるがえして、猛然と階段をのぼっていく。

梨利はやっぱりひとりじゃあぶなっかしい。だから勝田くんがつれて逃げればいい。でもあたしはこのままじゃ帰れない。この校舎の上に本当に智さんがいるのかはわからない

けど、たとえ一パーセントでも可能性があるのなら、あたしはそこに行かなきゃいけない。かつてあたしをタツミマートの出口に導いてくれた智さんを、どこにも導くことはできなくても、とりあえず迎えに行くことはできるのだから。それは暗い部屋に蛍光灯を灯《とも》すようなことで、たいした役には立たなくても、でもきっと必要なことなのだから――。

屋上へと続く南階段を、あたしは一気に駆けあがった。ときおり煙にむせながら、死にもの狂いで重い足を運びつづけた。

煙は上へ上へとのぼっていくものらしい。最上階の踊り場は、排気ガスでも流しこんだようなグレーに煙っていた。それでも、屋上へつづくガラス戸だけは透明に、そのむこうにある漆黒の闇を映しだしている。

あたしはそのガラス戸を両手で思いきり引っぱった。

どんなに力をこめても、しかしそれはびくとも動こうとしない。見ると、頑丈そうな錠前で鍵《かぎ》が二重になっている。

「そんな……」

思わず床にひざを落とした。

屋上に出る方法はふたつ。このガラス戸を開くか、北階段の最上階にある踊り場のそれを開くか、だ。こっちが施錠されているとなると、智さんは北から外に出たのかもしれない。でも、北階段はすでに炎に包まれている。

どうすればいい？

考える時間はなかった。こうしているうちにも呼吸はますます苦しくなっていく。気力も体力もいいかげん尽きてきた。限界を告げるけだるさが全身を襲うけど、智さんに会うまでは死ねないと思った。

あっちとこっちを区切るガラスのついたて。

こんなものがなんだろう。

あたしは両足をふんばり、キッとガラス戸をにらみつけた。それからふりあげた拳《こぶし》をたたきつけようとして、ためらった。

握りしめた掌《てのひら》を開きながら耳のうしろにまわしていく。

ひやりと、冷たいものが指先に触れた。

バレッタ。昨夜、へび店長からもらった銀のバレッタだ。

ずしっと重みのあるそれをはずして握りしめ、あたしはあらためてガラス戸にむきなおった。

ガツンと、バレッタの先端をガラス戸にたたきつける。何度も、何度も。けれどガラスはがたがたとふるえるばかりでひびさえ入らない。もう一度。もう一度……。

もうろうとなりながらもガラスを打ちつけているうちに、突然、右手のバレッタが消えた。背中に気配を感じてふりむくと、あたしの代わりに勝田くんがバレッタを握りしめている。となりには梨利の姿もあった。

「なんで……」

「どきな」

と、勝田くんがあたしを押しやってガラス戸の前に進みでた。

わきによったあたしの鬱血《うっけつ》した掌に、歩みよってきた梨利が自分の掌をかさねた。

「きいたよ、勝田くんからざっと、古文書の話。一緒に行こう」

「でも……」

「行こう」

迷いのない目で見つめられ、あたしはなにか言いかえそうとしたけれど、言えなかった。

今さらもう一度ふりはらうには、梨利の手はあまりにもやわらかで、その感触は優しすぎた。

ガツン！　ガツン！　煙い踊り場に力強い音が鳴りわたる。その音にときおりあたしたちの咳《せき》が混じった。体をおりまげ、激しくむせびながらもガラスをうちつづける勝田くんを、あたしと梨利は壁にもたれて祈るように見守った。腰の力が次第に弱まり、じりじりと体が床に落ちていく。灰色だった視界が一瞬まっ黒に染まって、ふうっと気を失いかけたそのとき、カチャンと、ついにガラス戸の一部が砕けた。

なだれこんでくる冷たい闇と風。あたしたちはその澄んだ空気を夢中で吸いこんだ。

それから先はすみやかに進んだ。勝田くんはガッガッと続けざまにバレッタをふりおろし、裂け目は瞬《また》く間に広がっていった。やがてそこには人ひとりが十分にくぐりぬけられるほどの穴が開《ひら》けた。

あたしたちはこくんと息をのんだ。

「行こっか」

「うん」

「ん」

顔を見あわせてうなずきあい、勝田くん、あたし、梨利の順で、そろそろと裂け目をくぐっていく。

一九九八年　最後の満月の夜
水城小学校の屋上に
真の友　少なくとも三人が集いし　その時――。

凍《い》てつく空の下であたしたちが耳にしたのは、真上の天から轟《とどろ》く雷鳴と、足もとの地で鳴りわたる消防車の、けたたましいサイレンの響きだった。

来るときはあれだけ盛大に吹き荒れていた風。それを封じこめるように、今では空一面を雨雲がびっしりと覆っている。雲の切れ目からのぞいていた満月も消えて、代わりに鋭い稲妻が闇夜を裂いていた。ちかちかとまばゆい稲光。その青白い光と競いあうように、吹きぬけになった屋上の北端からも激しい炎が立ちのぼり、暗い空へもくもくと黒煙を吹きあげている。舞いあがる火の粉ごしに地上を見おろせば、校門へと続く道には十数台もの消防車の列。周囲の畑を赤々と照らしながら近づいてくる。

雷のうなりとサイレンの響き。

瞬く稲光と飛び散る火花とぐるぐるまわる赤ランプ。

目のまわるような喧噪《けんそう》の中で、それでもこのとき、あたしの心はふしぎと静かだった。

屋上の南端――校庭を見おろすフェンスのそばに智さんのうしろ姿を見つけた瞬間から、世界はしんと、音を忘れた。

今にも落ちそうな雷も、刻々と広がっていく炎も、左半身のただれるような熱さも、ひとまずすべてを棚上げにして、あたしはほっとした。

智さんとこうしてまた会えてよかった……。

砕けたガラス戸の前に立ちつくすあたしたちの十数メートル先で、智さんはフェンスから身をのりだすようにして地面をのぞいている。今にもするりと落下しそうなところで、なんとかこっちにふみとどまっている。あやういバランスでもいい。生きていればいい。

「智さん」

智さんの背中に呼びかけながら、あたしは一歩、進みでた。

と同時に、今にも降りだしそうだった雨の、最初のひと粒が額にあたった。

ぽつぽつと足もとを濡《ぬ》らしはじめた雨粒は、みるみる大降りになっていく。

「智さん」

今度は勝田くんが呼びかけた。

智さんはふりむかない。

地上でうなりつづける消防車の一団は、もう校門のあたりまで迫っていた。

「月の船は来ないよ」

と、あたしは智さんに言った。

「宇宙船も来ない」

「……」

「死に神も来ない」

「……」

「でも、あたしたちは来たよ」

立ちのぼる黒煙が雨に薄れて色を弱めた。あたしたちの髪も、肩も、足もとも、冷たい滴でぐしゃぐしゃに濡れそぼる。

「帰ろう」

あたしは一歩一歩、智さんのいるフェンスのほうへと歩みよっていった。

「露木さんから大事な手紙をあずかってるの。露木さんは智さんのこと、トランペットみたいに強いって。智さんのこと信じてるって。お正月には帰ってきてトランペットを教えてくれるって。そしたらみんなで初詣《はつもう》でに行こうよ。なにも祈る気ないけど、一九九九年の始まりにみんなそろって。ね、だから一緒に帰ろう」

智さんがようやくふりむいた。その顔はひどく青ざめていたけど、少なくとも仮面はかぶっていなかった。

「死ぬことについて考えてたんだ」

夢と現《うつつ》をさまようような声。

「死ぬことと生きることについて考えてた」

「……」

「どっちがいいか、どっちがらくか、どっちが正解か。今までずっとそういうこと、考えてきた気がする」

「……」

「死んだほうがらくなのはわかってるんだ。それでいいのか、それが正解なのかはわからないけど、今まで生きてきていいことなんてほとんどなかったし、ってことはこれからもほとんどないはずだし、それに……」

「……」

「それにたぶんぼくは病院に行かなきゃいけないんだろうし、それはすごくしんどそうだし、なのに……」

「……」

「なのに死ねなかった。なんでかな」

智さんが唇をゆがめて笑った。

苦しい笑顔だったけど、それでもやっぱりその顔は、つらくても生きることを選んでいたのだと思う。死ぬにはもってこいの火事の中で、それでも智さんは生きてここに残っていたのだから。

人より壊れやすい心に生まれついた人間は、それでも生きていくだけの強さも同時に生まれもっている。

露木さんの言葉を思いだしながら、あたしは智さんへと手をさしのべた。

「帰ろう、一緒に」

智さんがうなずいて一歩進みでた、そのとき。

ぎらりと、稲妻よりも強烈な光が地上からあたしたちを照らしだした。見ると、校庭にひしめく消防団がいくつものサーチライトをこちらにむけている。そこのきみたち、落ちつきなさい。もうだいじょうぶです、おちついて、動かずに助けを待ちなさい。もう一度言います、そこから動かずに、落ちついて助けを待ちなさい。もう一度言います……。拡声器からの声にかぶって、ごうごうと、校舎にむけた放水の音も響いてきた。

助かったのかもしれない。

やや弱まってきた雨の中、あたしはふうっと息をついて脱力した。

あたしだけじゃない。大声をあげて喜ぶには疲れすぎていたのか、だれもがみんな脱力しきった様子でその場に立ちつくしていた。だれひとり口をきこうとしない。動こうともしない。ただだれかの低い嗚咽《おえつ》だけがきこえてくる。……嗚咽？

ふりむくと、梨利のとなりで勝田くんが激しくすすりあげていた。

「みんな、ごめん。オレがあんな、嘘っぱちの古文書なんて作ったから、みんなをこんな、ひどい目にあわせて……」

とぎれがちな声をあげながら、勝田くんはなかなか泣きやもうとしない。

勝田くんのせいではないのに、古文書のおかげでたしかになにかが変わったのに。

心の中でつぶやきながらも、あたしがなかなか声にできずにいると、うしろから智さんがすっと足をふみだした。

智さんは無言のまま勝田くんへと歩みよっていく。そして足を止めるなり、びしょびしょに濡れた勝田くんの体を、両腕で包みこむように、抱きしめた。

勝田くんの嗚咽がさらに高まって、その手の中にあったバレッタが、カチャリと足もとにすべりおちた。

金具の壊れた銀のバレッタ。くすぶりつづける炎の照りかえしをうけながら、水たまりの上でその小さな楕円形《だえんけい》がゆらゆらとゆれている。

「尚純」

と、智さんがそれを見て笑った。

「月の船だよ」

＊

つゆ木くんえ

戸川さとる

つゆ木くんおげんきですか。

つゆ木くんはもうずっと学校にきませんね。

つゆ木くんとわおなじクラスでもあんまりしゃべりません。

でもつゆ木くんはこんどーくんのたんじょう会でチョロをひきましたね。ぼくはチョロがひけるなんてすごいなーと思いました。だからつゆ木くんが学校にこないのわさみしいです。

こんどーくんはつゆ木くんわ心のびょうきだから学校にこないといいました。

ぼくは心のびょうきってなあにとしんせきのおばちゃんにききました。おばちゃんは心のびょうきはくるうことだといいました。でもくるうのわそんなにめつらしくないといいました。なんでとゆうと今のじだいはたいへんなじだいでむかしよりずっとたいへんなじだいだからだれでもすぐにくるうんだそうです。

でもくるわない人もいるよとぼくがゆったらおばちゃんはそうねーといいました。それはきっとこの世にわ小さくてもとうといものがあってそうゆうものがたすけてくれるのかもねーといいました。

ぼくはつゆ木くんがすきです。つゆ木くんのチョロとつゆ木くんのかおとつゆ木くんがぼくわすきです。

ぼくわ小さいけどとうといですか。

ぼくわとうといものですか？

解説

金原瑞人

いまふり返ってみると、一九九〇年というのはすばらしい年だった。この年、森絵都が『リズム』で講談社の児童文学新人賞を受賞し、前年に月刊「MOE」の童話大賞を受賞した佐藤多佳子の『サマータイム』が出版された。ついでに書いておくと、あさのあつこのデビュー作『ほたる館物語』が九一年。その後、三人は次々に意欲的な作品を発表しつづけ、やがて森絵都は『DIVE!!』『永遠の出口』へ、佐藤多佳子は『しゃべれども しゃべれども』『黄色い目の魚』へ、あさのあつこは『バッテリー』へと進んでいく。

しかし、彼女たちの作品が十五年ほどまえから広く認知されてきたかというと、そうでもない。森絵都はエッセイで次のように書いている。

そもそもデビュー作『リズム』からして、まるで売れなかった……地味な上に、下手だった、故に売れなかったのは至極当然、物の道理にほかならないのだが、少しだけ言い訳をさせてもらうと、当時は中高学生の読者を対象としたこの類《たぐい》の本は軒並み苦戦を強いられていた。今でこそヤングアダルトというジャンルが確立し、十代の若い読者を対象にした洒落《しゃれ》た装幀《そうてい》の本が多数出版されているものの、十四年前はまだその受け皿が整っておらず……中学生ものは出しづらいから小学生を書かないか、と何人の編集者に言われたことだろう。(「新刊ニュース」トーハン、二〇〇五年六月号)

そう、YA物は売れなかったのだ。それがこの十年ほどでがらっと変わった。翻訳物もふくめ、日本でも初めてYA向けの作品が人々の目を惹《ひ》くようになった。いうまでもなく、その陰には、いや表には、児童書から出発して、こつこつと自分の世界を広げていった佐藤多佳子、森絵都、あさのあつこといった、おおいにマイペースなランナーがいたのだ。考えてみれば、その先駆け的存在の江國香織も、ずいぶんマイペースだ。

ところで、なかでも最もマイペースなスローランナー、森絵都の作品は、書くのがスローなぶん、はずれがない。しかしそのうちどれが好きかとたずねられれば、迷わず『つきのふね』と『永遠の出口』をあげる(と、こないだ学生に勧めたら、「先生、二冊というのは、やっぱり迷ってるわけですね」といわれてしまった)。

というわけで、『つきのふね』についてちょっと書かせてもらうことになった。

主人公は中学生のさくら。さくらは万引きでつかまったところを、店員の智さんに逃がしてもらい、それをきっかけに、智さんの部屋に入り浸るようになる。智さんはちょっとおかしなところがあって、暇なときはいつも全人類を乗せて飛び立つ宇宙船の設計図を描いていて、その話になると止まらない。そこに、さくらの同級生、勝田くんが割りこんでくると同時に、万引き以来、関係がぎくしゃくしていた梨利がこれにからんでくる。一方、街では放火事件が相次ぐ。

やさしいけれど、現実からどんどん離れていく智さん。梨利とさくらを徹底的に尾行する、うっとうしいけれど、どこか憎めない勝田くん。だれに対しても秘密を明かすことのできないさくら。万引きグループに引きずりこまれていく梨利。さくら、智さん、勝田くんの微妙な三角関係。あちこちでいくつかの緊張が生まれ、いくつかの物語が動き始め、うごめき、やがて大きなうなりをあげて疾走し始める。

さくらたちが廃校になった小学校に向かうあたりから最後にかけてはすごい迫力で、物語はいきなり暴走し始め、読者を圧倒する。

『リズム』『ゴールド・フィッシュ』『宇宙のみなしご』『アーモンド入りチョコレートのワルツ』と、おさえたトーンで、中学生のやわらかな心の動きを、ときに鋭く、ときに厳しく、ときに切なく追ってきた作者が、次に投げつけた『つきのふね』は非常に強烈だった。それまでしなやかに、のびやかに駆けていた黒豹《くろひょう》がいきなりこちらを向いて牙《きば》をむいたような気がした。もちろん、内容もストーリーも、ある意味、ハートウォーミングな青春小説なのだが、そこにうごめくエネルギーというか、波動というか、物語の暴走というか、とにかく、作者自身もてあましているとしか思えないくらい強烈ななにかが、恐ろしいくらいに感じられたのだ。

やがて森絵都は『DIVE!!』という見事なファンタジーを書き上げることになるのだが、『DIVE!!』の原型のようなものが、『つきのふね』にはしっかりとある。この作品にはその躍進を予感させるエネルギーが充満しているのだ。

そしてまた最後にそえられた手紙。小説のエンディングで、はっと胸をつかれることは多いが、思わず息がとまりそうになる本はまずない。『つきのふね』はその数少ないうちの一冊だった。

森さんとは何度か対談をしたことがあって、そのとき、「子ども向けの作品も一般向けの作品も書いているけど、書き分けてますか？」という質問をしたことがある。森さんの答えは、児童書の場合はかなり書きこみますが、一般書の場合、児童書の場合なら書きこむ部分をなるべくけずるようにしています、というものだった。

森さんによれば、『つきのふね』は児童書として、『永遠の出口』は一般書として書いたという。しかし大人が読んで、新鮮で感動的なのは『つきのふね』のほうだと思う。『永遠の出口』は現代小説としても、青春小説としても完成度が高く、評価も高く、彼女のこれまでの作品のなかでのベストだろう。それにくらべると『つきのふね』は、完成度は低いし、まだまだ生な部分があちこちに顔を出している。が、なんともとらえようのない、作者自身どうしようもない勢いがあって、それが読者を無防備にしてしまう。そんな力がこの本にはある。それがストレートに伝わるのは大人のほうではないだろうか。この作品については、多くの人から感想をもらっているが、大人のほうが絶対に、この作品に弱い。

これは計算してできることでもなく、意識してできるものでもない。ある状態から、大きく身震いして別の状態へ移る過渡期的な産物であり、ある時期、ある条件のもとに初めて起こる奇跡のようなものなのだ。『つきのふね』は、そのような、まるで夢のような作品だと思う。

森絵都がこれから再び、このような奇跡に近い作品を書くことがあるのかどうか、まったくわからないが、ぜひ読んでみたい。しかしその先にはどんな森ワールドが広がっているのだろう。それを考えると、恐ろしいような気もしてくる。

本書は一九九八年七月、講談社より刊行された
単行本に加筆、修正を加え文庫化したものです。

つきのふね

森《もり》 絵《え》都《と》

角川文庫 14013

平成十七年十一月二十五日 初版発行
平成十八年 七 月二十五日 三版発行
発行者――井上伸一郎
発行所――株式会社角川書店
東京都千代田区富士見二―十三―三
電話 編集(〇三)三二三八―八五五五
営業(〇三)三二三八―八五二一
〒一〇二―八一七七
振替〇〇一三〇―九―一九五二〇八
印刷所――暁印刷 製本所――本間製本
装幀者――杉浦康平

定価はカバーに明記してあります。

も 16-2 ISBN4-04-379102-X C0193

角川文庫発刊に際して

角川源義

第二次世界大戦の敗北は、軍事力の敗北であった以上に、私たちの若い文化力の敗退であった。私たちの文化が戦争に対して如何に無力であり、単なるあだ花に過ぎなかったかを、私たちは身を以て体験し痛感した。西洋近代文化の摂取にとって、明治以後八十年の歳月は決して短かすぎたとは言えない。にもかかわらず、近代文化の伝統を確立し、自由な批判と柔軟な良識に富む文化層として自らを形成することに私たちは失敗して来た。そしてこれは、各層への文化の普及滲透を任務とする出版人の責任でもあった。

一九四五年以来、私たちは再び振出しに戻り、第一歩から踏み出すことを余儀なくされた。これは大きな不幸ではあるが、反面、これまでの混沌・未熟・歪曲の中にあった我が国の文化に秩序と確たる基礎を齎らすためには絶好の機会でもある。角川書店は、このような祖国の文化的危機にあたり、微力をも顧みず再建の礎石たるべき抱負と決意とをもって出発したが、ここに創立以来の念願を果すべく角川文庫を発刊する。これまで刊行されたあらゆる全集叢書文庫類の長所と短所とを検討し、古今東西の不朽の典籍を、良心的編集のもとに、廉価に、そして書架にふさわしい美本として、多くのひとびとに提供しようとする。しかし私たちは徒らに百科全書的な知識のジレッタントを作ることを目的とせず、あくまで祖国の文化に秩序と再建への道を示し、この文庫を角川書店の栄ある事業として、今後永久に継続発展せしめ、学芸と教養との殿堂として大成せんことを期したい。多くの読書子の愛情ある忠言と支持とによって、この希望と抱負とを完遂せしめられんことを願う。

一九四九年五月三日